夢のまくら

岡本光夫

かへり来ぬ昔を今と思ひ寝の夢の枕ににほふ橘

式子内親王

〜新古今和歌集二四〇〜

目　次

ふで箱

義仲寺の風

降る雪は

旅の余韻

ふで箱

笑う老女

人間にとって、怒りや憤りがその極限にまで達したとき、そこに残されているものは、ただひたすら笑うことではあるまいか。

見学者の姿がまばらになった昼下がりの美術館の、仄暗い照明が注がれている台の上で、痩せさらばえた手で正座した両膝を強く掴み、上体を不自然なほど後ろに反らしながら、ひとりの老女が、口を大きく三角形に開けてさも愉快そうに大笑いしている。

一九三七年に制作されたこの木像の作者は、ドイツ表現主義の彫刻家で劇作家でもあったエルンスト・バルラハ（一八七〇～一九三八）で、その翌年、「退廃芸術家」という理由なき理由によって、ナチスに作品の公開を禁止され、失意のなかでの死を迎えている。

バルラハがめざそうとした究極のテーマは、「人間」の存在意義そのものであった。「人間」における「生」と「死」の表現は、洋の東西を問わず永遠の課題とされてきたが、とりわけキリスト教世界にあっては、「神」の存在が大きな関わりを持ってきた。

バルラハが活動していた当時のドイツは、第一次世界大戦の敗北からの復興を図りながらも、他方では、ヨーロッパ侵略という暴挙の道に向かって、ナチスが台頭しようとする激動期にあった。戦争は、兵士はいうまでもなく、多くの女性や子供、老人など弱き者たちをも容赦なく巻き添えにする。理不尽さを認識していても、個々の人間の思いだけではどうしようもない歴史のうねりが、バルラハの表現活動そのものに大きな影を落とし、やがて彼に過酷な試練をもたらしていく。

美術館の同じフロアに展示されている「苦行者」と題された、静かに目を閉じて正座している端正な木像には、周りの何事にも動じることのない穏やかで確かな内面の意思が漂っている。その隣に置かれていた「歌う男」は、胡坐をかいた片方の膝下を、伸ばした両手で抱え目を閉じながらうっとりと歌っている農民の姿を表現しており、のどかでどこか牧歌風の雰囲気が伝わってくる。

第一次世界大戦後、バルラハのもとには、戦いの犠牲者となった多くの人々を慰霊するための記念モニュメントの制作依頼が相次いだという。

「ハンブルクの慰霊碑」のレリーフには、怯える子供をしっかりと抱きしめる優しげな母（神）の姿が刻み込まれ、「マグデブルク記念碑」には、戦いの年の刻まれた十字架を持つ人を真ん中にして、哀しみの表情を湛えた五人の市民が配されている。これらのなかには、民族の誇りとされていた勇ましい兵士の姿は見られず、「人間」も「神」も避けることのできなかった戦争という悲劇が、実相として表わされている。

バルラハは、戦争に対して無力であった多くの犠牲者への「鎮魂」を通して、「人間」の存在意義と、それに深く関わる根源的な「生」と「死」についての問いかけを発しようとしたのであった。

当時の世界が、戦争を忌避し平和を維持できる時代であったならば、モニュメントに託されたバルラハの思いは、ごく自然な常識として多くの人々の琴線にふれたことであろう。しかしながら、悲惨な戦争体験をしたにもかかわらず、「何も学ぼうとしない人は、何も学ぶことができない人とともに増えています」と、バルラハ自身が予感していたように、さらなる混迷の時代へと歴史の歯車は大きく狂いだそうとしていた。

ナチス時代の到来の中で、バルラハの芸術活動は終焉を迎える。

「人間」そのものの喜びや悲しみを、ありのままに表現しようとしたバルラハの芸術は、そこに込められた揺るぎない「真の人間性」ゆえに、為政者からは、「退廃芸術」のレッテルを貼られ、彼のすべての作品が抹殺の対象となった。

バルラハの栄光は地に墜ち、彼が追い求めていた「人間」の存在は否定され、「神」さえも死を与えられようとしていた。

ナチスが最盛期を迎えていた一九三八年十月、バルラハは、北部ドイツの片田舎ギュストローで、六十八歳の生涯を閉じている。

「笑う老女」など、かろうじてナチスの破壊を逃れて残された晩年の作品は、泰然自若とした穏やかさに包まれていて、現実生活におけるバルラハの心底の苦悩は、微塵たりも窺い知ることはできない。

バルラハは、老子などの中国思想にも精通していたという。そうであるとするならば、「笑う老女」は、大いなる諦観と少しばかりの楽観のなか、時代の潮流に翻弄された自分自身と尊大な人間そのものに向かっての「呵々大笑《かかたいしょう》」を具現化した作品であるといえる。

バルラハの没後数十年、二十一世紀となった地球上においても、未だに「戦争」の二文字は消えてはいない。むしろ、混迷する世界情勢のなかで、再びその頭をもたげようとしているのではあるまいか。

「笑う老女」は、今日もまた、自らの存在意義に気づこうとしない愚かなる「人間」どもを、大いなる嘆きとともに笑い飛ばしている。

山ですもうを

昭和三十年代の初め、私が、小学校の二年生のころの出来事である。

その当時通っていた町立水口小学校では、毎月一回、生徒が講堂に集められ、全校集会が行なわれていた。最初に「校歌」を歌うのが慣例で、一番の歌詞は次のように覚えていた。

城山高くあらずとも
今の稚木の生い立たば
山ですもうをしのぐべき
茂山となる日こそ来め

我々、低学年の生徒は、文語調で書かれていた歌詞の意味をほとんど理解できないまま、ひたすら大きな声をあげて、「山ですもうを」と歌っていたのである。

甲賀郡（現在の甲賀市）水口町は、我が国最大の母なる琵琶湖から東方の鈴鹿山脈へとなだらかに広がる水口丘陵にある。

町のほぼ中央に、海抜三百メートルほどの小高い山があり、「古城山」と呼ばれている。水口小学校は、この山の麓にあった。城山の名前が表すように、かつては豊臣秀吉に仕えた武将の中村一氏によって頂上に平山城の「岡山城」が築かれ、その後、秀吉の五奉行のひとりで、財政運営に長けていた長束正家が封じられていたという歴史を秘めている。

秀吉の没後、正家は、会津の上杉景勝追討のために城下を通り過ぎようとする徳川家康の暗殺を企て、野洲川の「牛ヶ淵」に、急遽、茶屋御殿を設えている。

御殿の床に仕掛けを巡らせ、家康が座っている床を外して、そのまま深い淵へと葬り去ろうとする目論みであったが、御殿を作事した大工の密告によって破綻し、水口の手前の石部まで来ていた家康は、女人用の腰輿に乗り夜陰に紛れて水口城下を通り抜けて難を逃れる。この大胆ともいえる暗殺計画は、当時、家康によって佐和山城に逼塞させられていた石田三成の入れ知恵があったとも伝えられている。

やがて、関ヶ原の戦いが起こり、西軍方として南宮山に布陣していた長束正家は、優柔不断のまま戦闘に参加せず、敗戦の後、領内へと逃げ帰って自刃して果て、「岡山城」も陥落する。

江戸時代には、三代将軍徳川家光が京都に上洛する際の宿館として、水口の西の平坦地に、「水口城」が築かれる。小堀政一（遠州）を作事奉行に、二条城に似た御殿が配された平城であったが、この工事に使うためとして、古城山にあった「岡山城」の石垣などの遺構は跡形も無く破壊される。先代領主の長束正家に対する徹底した戦後処理であった。

その後、古城山は、幕府の御用林として植林と伐採が繰り返される。

明治時代となって、水口の地から明治政府に書記官僚として出仕し、その後名声を得て貴族院議員となったのが、書家の巖谷一六（本名は修）である。

一六の号は、当時の休暇が一日と六日であったことに由来しているが、揚守敬から学んだ六朝書法をもとに、「軽妙洒脱」と評された独自の書風を確立し、日下部鳴鶴、中村梧竹とともに「明治三筆」と讃えられ、明治天皇にも書を教えたという。

この一六の三男として生まれたのが、巖谷小波《さざなみ》（本名は季雄、漣山人とも号した）である。

小波は、藩医の家系であったことから医者にしようとした父一六の期待に反して、幼いころから興味を持っていた文学の道を志し、尾崎紅葉の主宰する硯友社に参加している。後に、紅葉が著した『金色夜叉』は、小波の逸話に想を得て書かれている。

小波は、二十一歳の時に発表した『こがね丸』という子供向けの読み物がきっかけとなって、数多くのお伽噺《とぎばなし》を創作するようになるが、併せて、「日本昔噺」叢書をはじめ、

「世界お伽噺」など、古くから伝わる昔話やお伽噺を整理、集大成したことから、我国のアンデルセンと称されている。

「桃太郎」、「かちかち山」、「猿蟹合戦」、「花咲爺」、「一寸法師」、「文福茶釜」といった現在知られているお伽噺の多くは、伝承されてきた昔話をもとに、小波が児童向けに書き直したものである。

小波は、ベルリン大学に留学した際に見た「学校芝居」にヒントを得て、晩年にはお伽噺口演や戯曲も試みるようになり、これらの普及のための全国行脚も行なっている。こうした旅の途中で倒れた後、東京に戻って亡くなるが、多くの子どもたちに、「お伽の小波おじさん」と慕われていたという。

お伽噺とともに、いくつかの作詞も行なっており、有名なものとしては、「頭を雲の上に出し……富士は日本一の山」で知られる『富士山』がある。また、児童文学者であったことから小学校の校歌も多く手がけている。

私の母校である水口小学校の校歌も、明治四十三年（一九一〇）に巌谷小波が作詞したものので、父や妻の勇子の故郷である水口の山河に育まれる子どもたちへの思いを込めた内容となっている。作曲者の入江好治郎も水口の出身で、東京音楽学校（現東京芸大）で滝廉太郎と同窓であった。

私たちが歌っていた校歌の正しい歌詞が、「山ですもうを」ではなく、「やがて雲をも」であることを知ったのは、高学年になってからである。

さらに歳月を経た今では、この「やがて雲をも」は、『富士山』の中にある「頭を雲の上に出し」に通じるものがあって、稚木である小学生の成長を期待して、富士山にも負けるなとのエールを送ろうとした小波からの応援歌のようにも思われる。

武家風の門構えとどっしりとした築地塀の残された小波ゆかりの巌谷家は、先代は製材所を営まれていたが、現在の当主は、その跡地に内科医院を開業され、水口藩の藩医の家系を受け継がれている。私の実家の隣近所にあって、まことに不思議な縁を覚える。

ふで箱

平成十九年(二〇〇七)の師走に入って数日が経ったある日の夕方、仕事から帰宅した私は、郵便受けに届けられていた一枚の喪中を伝えるはがきを手にした。「誰からかな」と、文面をたどり訃報者の名前を目にした途端、背中に小さな衝撃が走った。そこに書かれていたのは、私の小学一年生の担任であったN先生であった。

心の中の何かが剥がれ落ちるような気持ちになり、玄関先でしばらく立ちすくんでいた。ひとりの人間の死が及ぼすものは、その人の存在と自分の人生とのかかわりの深さに応じて大きく異なることは言うまでもない。私自身のこれまでの歳月においても、三歳の誕生日を目前にした母の死を始めとして、生あるものが避けることのできない絶対的な隔たりを伴う幾つかの別離を重ねてきた。

『徒然草』の第百五十五段のなかで、兼好法師が、「死期はついでを待たず。死は前よりしも来らず、かねて後に迫れり。人皆死ある事を知りて、待つこと、しかも急ならざるに、覚えずして来る……」と書き残しているように、死は、老若男女の別や順序を問わず、生ある者に必定のものとして、あるときには、ふいにやってくる。

昭和三十二年(一九五七)四月、私は、滋賀県の東南、鈴鹿山脈のふもとに近い農村にあった日野町立南比都佐《みなみひっさ》小学校に入学した。物心もつかない年齢で預けられていた祖父母(亡き母の両親)の家からの通学であった。

一年は二クラス、全校生徒は四百人にも満たない小さな小学校で、蒲生野の東端の丘陵のあちこちに点在している農村から生徒たちが通っていた。

通学路とはいっても名ばかりで、舗装はされておらず、晴れの日には土ぼこりが舞い上がり、雨の後には、路面のあちこちにできた水溜りを避けて歩かねばならなかった。

時おり、傍らを猛スピードで大型トラックが通り過ぎた。付近の山間に穿たれていた炭鉱から掘り出された褐炭の一種である「亜炭」を、軽便鉄道の駅まで運搬するために一日に何度も往復しており、これが土ぼこりや穴ぼこの原因となっていた。満載のトラックの荷台から路上にこぼれ落ちた「亜炭」を拾っては、投げ合ったり蹴ったりして遊んでいた。

下校時には、車が行き来する道を外れて、級友たちと川沿いの野道を歩いて帰った。道草は常のことで、ランドセルを放り出して川の土手で転がったり、時には、土手に仲良く並んで腰を掛け、空の青さやさまざまに変化する雲の姿に見惚れたりしていた。

戦後十年、ソ連による世界最初の人工衛星の打ち上げが成功し、国内では、「もはや戦後ではない」と経済白書に記され、東京タワーが雄姿を現そうとしていた時代であったが、私の周りでは、テレビや電気洗濯機などの「文明の利器」は、まだ遥か遠い存在であった。自給自足の村人の生活は、子どもの目にも慎ましやかに映ったが、なぜか人々の表情は大らかで生き生きとしていた。

冬が来て、雪で通学路が覆い尽くされそうになると、夜が明けやらぬうちから、各戸から総出して学校までの雪除けが行なわれた。

村の小学校へは一年通っただけで、二年生の四月からは、隣町に住んでいた父と兄のもとへ引き取られて生活することとなった。

三学期の終業式のあと、N先生は級友たちに、私が転校することを短く伝えてから、私に、帰りがけに職員室に寄りなさいと言われた。

職員室に入ると、N先生は、笑顔を湛えながら、私が一年のあいだ一日も休まずに通ったことを褒めてくれ、「新しい学校に移っても、これを持って毎日元気に通いなさいね」と、紙に包まれた細長い品物を渡してくださった。「ふで箱」であった。

当時のふで箱は、薄手のセルロイド製で、机の上から落としたり手で曲げたりするととても壊れやすく、私が使っていたものも一年間のうちに何箇所か裂け目が入っていた。

しかし、先生からの贈り物は、淡緑色の厚手のビニール製で、今まで持っていたものよりひと回り大きく、何本もの鉛筆や消しゴムが入れられ、たとえ落としたり曲げたりしても大丈夫そうで、転校して行く私にと京都まで出かけて求めてこられたN先生の気持ちがいっぱい込められた宝箱のように思えた。

小学校を卒業するまでの五年間、「ふで箱」は鉛筆の芯で次第に汚れてはいったが、授業を受けている私の傍らにいつもあって、N先生の優しい思いを届けてくれていた。

N先生とは、その後お出会いすることもないまま、小学二年生から五十年あまりに及ぶ年賀状のやりとりだけが続いていた。

いつかは「ふで箱」のお礼を伝えたいと思ってはいたが、遠い昔の出来事ゆえに、ご本人もおそらく覚えてはおられまいと、手紙さえも出せないまま永遠の別離となった。

当分は癒えそうもない喪失感の中で、せめてもN先生との思い出を書き綴れば、はるか彼方の三千世界から見ていただくこともあろうかと、ペンを持つ指先に、あの日渡された「ふで箱」のなめらかな感触を思い浮かべながら、記憶の断片を静かに手繰り寄せた。

ヒヨドリ

梅雨明けから真夏へと、ゆるやかに季節が移りかけていた七月初めの夕方であった。

「あっ、鳥が何かをくわえてきた！」

私が勤めている市役所の支所の窓口に、母親といっしょにやってきていた幼い男の子が、窓ガラスの外を指差しながら叫んだ。

「ほんと、白いひもをくわえているみたい。いったい何をするのでしょうね」

カウンターにいた母親が、男の子の見ている方へと視線を移しながら応えていた。

ふたりの会話につられて目を遣ると、三十センチメールほどの白いビニール紐をくわえた一羽のヒヨドリが、ハナミズキの木に止まろうとしていた。

翌朝もヒヨドリの声が盛んに聞こえてきた。こんもりと葉で覆われたハナミズキの枝に止まって、くちばしを巧みに使いながらビニール紐を枝と枝のあいだに編み込むように結びつけ、時おり、くちばしを半ば広げてはあたりを警戒するように見ている。

紐を枝に巻き付ける作業は、つがいであろう二羽のヒヨドリによって繰り返され、午後になると、その中に何本かの木切れが繰り返し運ばれてくるようになった。

次の日も巣づくりは続けられていた。一羽が、「カサ、カサ……」と乾いた音をさせながらビニール製のレジ袋の端をくわえてきて、そのまま巣の中へと運び入れた。

逆円錐形をした巣は、外敵から守るためか、傍目には木の枝に飛ばされてきたビニールなどがからまったように見える。巣そのものも支所の建物に接するように作られていて、ハナミズキが植えられている正面の庭からはわからない。しかしながら、支所の事務室からは丸見えで、まるで我々がヒヨドリの巣の見張り番をしている按配である。

夏の日差しを浴びながら、巣は急ピッチで完成されたが、その巣が安全であるのかを見定めているのか、それとも、子育てに取りかかる前に存分に餌を食べようと森に出かけたのか、出来上がってからの二、三日の間、ヒヨドリの姿は見られなかった。

巣の中にいる親鳥を見かけたのは、次の週の初めであった。産んだばかりの卵を温めているのか、一、二時間は巣に座っている。気が立っているせいか、時々、巣の中から顔を出しては、くちばしを半ば開いて眼光鋭くあたりを見回している。

数日が経った。二羽の親鳥は交替で卵を抱いているが、小柄な体つきで巣に座っている時間が長い方が雌鳥で、これに餌を運んできている体格の大きい方が雄鳥のようである。

餌を取りに行くのも惜しむかのように卵を温め続けている雌鳥に、口にくわえてきた木の実を隣の枝越しに与えている雄鳥の姿が何とも微笑ましい。

三十数度を超える猛暑の中をじっと座り続けているかと思えば、激しい雨のときには、自らが濡れるのも厭わずに巣を覆うように羽根を広げて傘の代わりにしている。

ヒヨドリにとっては、当たり前の所作であっても、子育てを巡る忌まわしい事件が日常茶飯事となりつつある人間社会と比べると、そうした行動の一つ一つが新鮮に感じられた。巣籠りが始まって二週間が過ぎた七月下旬のある朝、巣の中から小さな朱色の頭が見え隠れしていた。最初の一羽が孵化したのである。雌鳥は、雛をかばいながらまだ孵っていない卵を温めている。雄鳥は、餌運びに慌ただしく行き来していて、餌が届けられる都度、巣の中から雌鳥の大きな口が上下している。

翌朝、巣の中の雛は二羽に増え、その次の日には、三羽となった。最初の雛の頭に薄茶色の産毛が生えだし、親鳥が餌を持ってくる回数が頻繁になった。餌は、黒やオレンジ色の木の実や蝶の幼虫などで、食欲旺盛な雛に餌を与え終わるとすぐに次の餌を求めて森へと飛び去っていく。

懸命に餌を与え続けて一週間あまりが経ったある朝、巣の縁につかまって盛んに羽ばたきをしている三羽の雛の姿が見られた。ヒヨドリ特有の美しくすらりと伸びた長い尾羽はまだ生えておらず、小さい羽根で羽ばたきの練習を繰り返している。か弱そうな羽ばたきのようすから巣立ちはまだまだ先のように思われた。

しかし、その日の昼前、最も大きな体の雛が巣を離れ、滑空しながら支所の前の県道沿いに植えられているアラカシの枝へと飛び移った。それを見守るかのように、一羽の親鳥が雛の近くへとやってきて、「ピイーッ、ピイーッ」と甲高い声をあげた。雛は、アラカシの枝で少し休んだ後、親鳥の声に励まされ、導かれるように道の向こうの神社の森へと姿を消した。

午後になると、次の雛がアラカシへと飛び移った。先に巣離れした雛に比べてやや小振りで、次の飛翔までの体力回復に時間を要しているのか、枝につかまったままじっとしている。夕立が迫りかけていたので、見ているこちらの方が急かされた。

親鳥は、支所の入口の最も樹高のあるニレケヤキの枝のあちこちに鳴声を上げながら飛び移り、雛が飛び立つのを促している。

降り出した雨の中、ついに雛が枝を離れて、県道の上を横切って向こう側のモミジの枝へと羽ばたいた。方向舵ともいえる尾羽がないままの飛び方は、実に不安定でおぼつかない。その姿を見ているうちに、どうしてそれほど慌てて巣立っていかねばならないのかと尋ねてみたくなった。

親鳥は、雛が飛んだ瞬間を見逃さず、それと同時に空へと飛び上がり、けたたましく鳴いて、雛を見下ろせる電線の上へと移動した。一羽の口には雛に与えようとするのであろうか、木の実がくわえられている。やがて雛は、親鳥に導かれるように住宅の屋根を越えて飛び去って行った。二羽の雛は、相次いで無事に巣立ち、夕方を迎えた巣には最も小さな一羽の雛だけが残されていた。

翌朝、巣の中に雛の気配は感じられなかった。

耳を澄ませてみると、玄関のモッコクの中から、「チッ、チッ」という雛の短い鳴声が聞こえてきた。親鳥は、昨日と同じく、ニレケヤキの高い枝に来ていて、雛の声を捜すかのようにあたりに鋭い声を響かせていた。モッコクの枝にいた雛は、先に巣立った二羽と比べるとずいぶんと小柄で、細い枝につかまっているのがやっとというおぼつかなさであった。ほかの雛たちが早々と巣立ったので、やむを得ず巣立とうとしているのであろうか。全身から心細さと頼りなさが伝わってきた。

羽根の力も弱く、飛べる距離もわずかである。ようやくモッコクを離れて隣のサクラの枝に移り、続いて、その上にあるニレケヤキへと飛んだ。親鳥は、雛のいる枝の傍へやってきては、励ますような鳴声を何度も繰り返した。雛は、時おり小さな鳴き声で短く応えていたが、風に揺れている枝につかまっているか細い足が小さく震えていた。

昼前、何かを知らせるかのような、甲高い鳴声が聞こえてきた。外に出てみると、支所に隣接して建てられている消防倉庫前の地面に、灰茶色の小さなかたまりがうずくまっていた。今朝、巣立ちしたあの雛であった。近づこうとすると、威嚇するかのように小さな口を精一杯広げている。親鳥は、雛の近くまで飛んできては、交互に声を荒立てた。

どうすればよいのであろうか……。

巣立ちをしくじって地面に落ちた雛に、人間が手を差し伸べてよいのであろうか。しかし放置しておけば、猫やカラスの餌食となるのは明らかである。

しばらく思案していたが、そのままにはしておけず、雛を拾い上げて両手のあいだに包み込んだ。

雛は、羽根をばたつかせながら、小さな声をあげた。手の中にすっぽりと納まった雛の柔らかな感触と命の温かさがじんわりと伝わってきた。

戸惑いながらも、一度、元の巣に戻してみようと、支所の外壁に梯子を掛けてハナミズキに上った。巣の中は、大まかな作りの外観とは異なって、托鉢僧の持つ鉄鉢のように丸く整えられ、内側は、棕櫚の繊維でふんわりと覆われていた。雛を戻し、巣の上から手で蓋をしながら雛が落ち着くのを待った。

一時間ほど経ったころ、巣の近くのネットフェンスの上に、あの雛がとまっているのが見えた。一度巣立ちした雛は、本能的に巣から遠ざかろうとするのであろうかと、もう一度手の中に包み込んで巣の中へと運んだ。

巣の中に雛が戻されていることに気がつかないのか、親鳥の姿は見あたらない。一旦巣立ちをしくじり、しかも人間の手に触れられた雛を、見棄ててしまうのではなかろうかと気掛かりであった。

さらに一時間が経過したころ、遠くから巣のようすを見ていたのか、一羽の親鳥が、巣の隣の木までやってきてはどこかへと飛んで行き、再び戻ってきてはそれを繰り返した。

そうしたことを幾度かしてから、ようやく巣のある枝へと飛び移り、顔を出した雛にくわえてきたオレンジ色の木の実を与えた。遺棄されたのかと心配したが、餌がもらえれば雛の体力が回復するに違いないと安堵した。

次の朝、巣を見上げると、あの雛が頭を少し出して小さく羽ばたいていた。親鳥は、ニレケヤキの枝から、雛に盛んに呼び掛けている。せめて尾羽が生え揃うまでは、そのまま巣で育ててもよさそうであるが、本来、森や林の中に棲んでいるヒヨドリは、巣の雛が天敵に襲われないよう、木の上での子育てをする習性を持っており、雛は生まれて一週間ほどで巣から離され、木々の枝を伝いながら育てられるという。これが事実とすれば、飛び移るための木々が少ない街中での巣立ちは、森に比べれば何倍もの危険に満ちている。

そうしたことにヒヨドリたちが気づいて、ツバメやスズメと同じように、巣の中で十分な子育てをするようになるまでには、まだまだ長い年月がかかるのではなかろうか。

昼前、県道沿いのアラカシの枝に、あの最後の雛の姿があった。昨日と同様、おぼつかないようすでじっと枝につかまっている。次の木を見つけて、うまく飛んで行けるだろうかと、雛を気遣う親鳥の気持ちであったが、ほんの少し目を離した隙に、どこかへと飛んだらしく雛の姿は見えなくなっていた。

手の中に、昨日の雛の温かい感触が甦り、無事に巣立ってくれたとの思いが深まった。

わずかひと月ではあったが、ヒヨドリとともに過ごした日々から教えられるものがいろいろあった。なかでも、孵化してから一週間あまりで、未熟なまま巣立っていく雛の姿には、懸命さとともに哀しみさえ覚えた。

ヒヨドリは、もともと山野の木々に生息する鳥であるが、近年では、都会の公園や街路樹に巣を掛けるようになってきている。こうした変化は、森や林などの自然環境が壊され、ヒヨドリの生息環境にも影響が及んできたためと考えられている。ヒヨドリの習性にも学習が加えられ、人的環境にも適合するようになったのであろうか。

そうしたひとつがビニールなどを使った巣づくりで、支所という多くの人々が出入りする場所での巣掛けとなったのではあるまいか。場所の安全性に関しても、ヒヨドリなりに十分な観察をしていたに違いない。巣づくりから始まった我々の観察自体が、自分たちの巣を守ってくれることを、あのヒヨドリたちにはわかっていたのかも知れない。

八月となり、雛が巣立ったハナミズキの枝は、真夏の太陽のもと、ひっそりと静まり、騒がしかったヒヨドリの甲高い声も雛のか細い鳴声も、もう聞こえてはこなかった。

懸命に育てていた親鳥や、巣立っていった雛たちのけなげな姿を思い浮かべながら、居心地の良かったハナミズキの枝に、彼らが、いつの日か姿を見せてはくれまいかと、窓辺の枝に残されていた巣を、ぼんやりと見上げていた。

ニコライ堂

平成二十年(二〇〇八)六月、東京で開催されたハーモニカの全国コンテストで第二位に入賞することができた。クロマチック・ハーモニカだけで編成された、私を含む五人のアンサンブルグループ『ブルーレイク・サウンズ』が演奏したのは、オリジナル曲の『びわ湖に浮かぶ夢』で、五百人あまりの聴衆を前にしたステージであったが、緊張のために手足が小刻みに震える「あがり」もなく、ほぼ満席の会場の人々の顔も良く見えていた。演奏終了後に湧き起こった大きな拍手も鮮明に記憶している。

御茶ノ水のニコライ堂(東京復活大聖堂)の近くにある全電通ホールで行なわれた審査結果で受賞を告げられ、メンバー全員とハイタッチを交わして高揚する気持ちのなかで、私は、Sさんにいただいた一枚の絵を思い浮かべていた。

書斎を兼ねている私の部屋の壁に、Sさんの遺作となった淡水画が掛けてある。

その絵には、御茶ノ水駅から駿河台へと入ったすぐあたりから、ビザンチン様式の円形ドームが美しいニコライ堂を真ん中にして、歩道に植えられた何本もの若葉を芽吹かせた銀杏が描かれていた。

　本物のニコライ堂が見られる機会は、ハーモニカ演奏するものの憧れである全国コンテストに出場できることであり、ニコライ堂に託した我々の夢の実現でもあった。

　Sさんは、三年間の闘病の末に、平成十九年の八月十六日、京都五山の送り火が消えるころに天に召された。絶えず穏やかな笑顔を湛えられ、マウンテン・バイクでの琵琶湖一周や、全国各地の山に出かけては、得意とされたスケッチをされ、帰宅後に淡彩画として仕上げておられた。北アルプスや八ヶ岳など、周囲を山々で囲まれた信州で過ごした少年時代が、山の絵を描くきっかけであったと聞いたことがある。

　晩年の数年間は、ハーモニカにも興味を持たれるようになり、数人の仲間とのアンサンブル演奏を楽しまれていた。毎年、夏に開かれていた発表会のプログラムの表紙を飾るのもSさんのスケッチ画であった。

　奇しくも我が家の庭の夜顔が咲き始めたのは、Sさんが亡くなられた日であった。毎年のように、梅雨が来る前に二株の夜顔を買い求めて瑠璃色の鉢に植えていた。夏に向かうとともに蔓を四方に伸ばして、八月中旬から九月下旬ころまで、ほとんど絶えることなく、次々と清楚な白花を咲かせてくれた。

　夜顔は、まだ暑さが消えやらぬ黄昏時に咲きかけて、大輪の白い花を闇間に浮かべながら夜を越え、朝露のころには儚く花のいのちを終えていった。送り火の宵に咲き出したその年の夜顔は、京都洛北にあった病院で命を終えられたSさんが、別れを告げに来られたように思われた。しかも、不思議なことに、十月半ばになっても秋冷の加わり出した夜の庭で、二つ、三つと花を咲かせ、十一月に入ってからも小振りにはなったものの北風の中で依然として咲き続けた。ようやく十一月末になって、最後の花を一つつけ終わると、急速に衰え数日して枯れた。

人は、未練なくこの世を去っていくことはできないと聞いたことがあるが、夏から初冬にかけて尽きることなく咲き続けた夜顔は、人生の円熟期を生き生きと暮らされていたSさんの名残の深さを想像させるのに十分であった。

不治の病と知らされたSさんは、自分に残された日々をどのように生きたらいいのか、人生のラストシーンをどのように描いていくかについて、常に自問されていたという。

自らの生命の灯が消されようとすることへの葛藤や恐怖感に苛まれながらも、最期を迎える日まで、家族はもちろん、知人や友人に対しても、淡々と振る舞われた。ある日、ホスピス病棟を備えている市民病院に勤務していた私に、Sさんから利用方法についての問い合わせの電話があった。いつもどおりの落ち着いた声からは、有意義な人生を終えていこうとするひとりの人間としての力強さと尊厳が感じられた。

やがて、病状が篤くなり、八月初めに京都にある病院のホスピス病棟に入院されたが、みんなとハーモニカ演奏会を開いて、その後、五山の送り火を一緒に見ようと、病棟から電話連絡をされていたと聞かされた。

教会で行われたSさんの告別式で、ご子息が「これほどかっこ良く生きた親父を誇りに思う」と、祭壇に飾られたSさんの写真に語りかけられた言葉が、参列者の心の中に深い余韻となって伝わった。Sさんが、この教会で洗礼を受けられたのは、亡くなられるひと月前であった。

覚悟はしていたものの、いざ現実となると喪失感は、大きかった。ハーモニカ演奏を一緒にしようというSさんの思いを叶えられなかったことも心残りであった。咲き続ける夜顔の花とニコライ堂の淡彩画に励まされながら、東京での三度目の全国コンテスト出場に向けた練習の明け暮れとなった。

コンテストの早朝、神田川に架かる聖橋の上からニコライ堂を見上げて、「Sさん、今日みんなの演奏をお届けします。どうか応援していてください」と語りかけた。銀杏並木の向こうに、紺碧の空を背景にした薄緑色のドームが、朝日を浴びて静かに輝いていた。

能　面　〜小面〜

「夜中に笑ったりはしませんか？」

私の部屋に、うら若く眉目秀麗な能面が掛けてある。そのことを友人に話すと、真顔でこのように尋ねられることがある。

「ええ、もちろん毎夜すてきな微笑みを浮かべてくれていますよ……」と答えてみようものなら、怖いものに出会ったような顔つきとなる。

「ようやく気に入った能面が出来上がりそうです」と、年賀状の添え書きにあった。

その方に、能面を作っていただけないかとお願いしてから、十年の歳月が流れていた。頼んで二、三年のうちは、どのように仕上がるかと期待し楽しみにもしていたが、何の音沙汰もないまま数年が経ち、頼んだことさえも忘れかけていた。

真に「一芸十年」とはよく言ったもので、私自身の習い事の経験からしても、何事かをものにせんと一念発起してやり始めてから、それがものになるかならないかが概ね分かるまでに、最低でも十年の習得期間を要するようである。

そう考えると、十年という歳月は、その方にすれば、鑿を持って原木に対峙しようとするまでに必要な時の経過であったに違いない。

とあるテレビ番組で、ひとりの仏師の半生を辿るドキュメンタリーが放映されていた。十代後半に手がけた小さな木造如来像に始まり、これまでに造った仏像は、丈六仏と言われる高さ一丈六尺（約五メートル）のものまで含めると、優に二千体を超えている。

実際に彫っている場面も映し出されていた。用材と対峙してひたすら気力を集中させるうちに、その中にかすかに仏の姿が浮かび上がり、イメージされた輪郭へと鑿を打ち下ろし、ついにはその姿を取り出していくという。

能面の場合、「面打ち」の言葉が示すように、「面を彫る」のではなく、「面を打つ」といわれる。能面のルーツは、七世紀の飛鳥時代に百済人によって伝えられ、寺院などでの法会で演じられていた伎楽（呉楽）における大型の伎楽面や、平安時代に宮廷儀式として発展した雅楽のうちの舞楽で使われた舞楽面に求めることができる。

室町時代になって、観阿弥や世阿弥によって猿楽や田楽から創造された能楽が普及するなかで、禅文化の影響も受けながら、「幽玄能」を演じる主人公（シテ）の内面の喜怒哀楽までも表現しうる能面が生みだされるようになる。

「神・男・女・狂・鬼」といった能曲の五つの基本演目に応じて、シテがつける能面が作られるが、なかでも、小面や孫次郎と呼ばれる華やかな女面の魅力は、今もなお多くの人々を惹きつけてやまない。

「小面」は、十五、六歳のうら若い女性の表情を写したもので、名高いものは、室町時代中期の能面師、石川龍右衛門重政が作った「雪・月・花」の三作で、いずれも豊臣秀吉の所有するところとなった。（現存するのは、金剛家の「雪の小面」と、三井家の「花の小面」の二面である。）秀吉は天下人とはなったものの、現世では叶えられない理想の女性の面影を、小面に求めようとしていたのではあるまいか。

かつて、夏の盛りに京都室町にあった旧金剛流能楽堂で虫干しを兼ねて開かれていた「能面・能装束展」を訪ねたことがある。「面金剛」と呼ばれるほど多くの能面を有しているが、なかでも際立っていたのは「雪の小面」で、照度が落とされた明かりのもと、若々しいなかに深く翳っている憂いを湛えた表情が見るものの視線を釘付けにしていた。たった一度の出会いではあったが、「雪の小面」は、喩えようのない憧れの気持ちとともに、私の心のうちに確かなかたちとして残された。

桜が咲きかけたころ、私のもとに出来上がったばかりの小面が届けられた。『春蘭』という雅号を持つ作者は、「正直、お嫁に出すような気持ちでいっぱいです。しかし、私の手元に置いておくよりは、大切にしていただける方の傍らで時を過ごさせる方が、この小面にとってはより幸せなのではと……」と、自らに言い聞かせるように手渡してくださった。

能を演じる前、能楽師は、舞台の手前にある「鏡の間」にひとり座って瞑目する。しばらくしてから、能面を押し頂いて我が顔に「かけ」て、身も心も主人公（シテ）に成りきり、現から幻の世界へと、「橋掛かり」に歩みを進めるのである。

能を鑑賞する機会から遠ざかって久しいが、慌しい一日を終えた静かな夜更けに、お気に入りの香を聞きながら、穏やかな気持ちで小面を見つめ、湛えられた微笑に包まれる至福のひとときへと誘われていく。

我家の小面が実際の能舞台で用いられることはないけれど、あるときは「杜若」の、またあるときは「井筒」のシテの表情を湛えながら、この先々の私の春秋の日々を慰めてくれるであろうと目を遣ると、微笑みの中に、いつしか作者の面影が見え隠れしていた。

北限のニホンザル

酷寒の森の中、横なぐりの吹雪にさらされた背を丸くかがめ、樹皮であろうか、指先につまみ取ったわずかな餌を口にしようとしているニホンザルの姿が、テレビの画面に大写しになった。

「北国の過酷な自然環境の中で、これまで何とか生き延びてきたが、このままでは、やがて絶滅に瀕するのではなかろうか……」

サルたちの行く末を暗示するかのように、重々しい口調のナレーションが流れていた。ヒトを除く霊長類が棲む場所としては最も高い緯度となる青森県下北半島の、鉞の形の刃の部分の南端部に生きる彼らは、「北限のニホンザル」と呼ばれている。二百頭にまで激減し絶滅が危ぶまれていた昭和三十年代後半には、厳冬期を懸命に生きようとするけなげな姿は、全国的な関心と共感を集めていた。

彼らの保護増殖を目的とする餌付けが始められ、昭和四十五年（一九七〇）十一月には、国の天然記念物にも指定された。

当時の我国は、「国民所得倍増計画」を皮切りに、果ては、「日本列島改造計画」へと到る高度経済成長期と称された右肩上がりの躍進を続けていた。東海道新幹線や名神高速道路などの国家的大プロジェクトが次々と実現され、下北半島のある青森県からも、年間数万人もの季節的な出稼ぎ労働者がこうした建設事業を推進する原動力となった。

その一方、急激な社会構造の変化は、効率的な現金収入に結びつきにくい農林業などの第一次産業の衰退を招く遠因となった。

林業においては、戦後間もなくから平成八年（一九九六）までの約五十年の間、拡大造林事業（ブナなどの広葉樹林からなる天然林を伐採し、針葉樹林であるスギやヒノキといった人工林を植林する事業）が国策として進められた結果、人工林は、我国の森林面積の約四十パーセントに達した。天然林の減少は、サルたちにとっては、それまでの安住の棲みかを失うという死活問題にもつながった。下北半島のサルたちも例外ではなかった。

かつてヒトとサルとの生活空間には、不文律ともいえる棲み分けがなされ、ヒトが林業や狩猟のためにサルの生活領域に立ち入ることはあっても、サルの方からヒトの領域へと入り込むことは稀であった。

下北半島のサルが、旧脇野沢村（現在のむつ市）の村人の生活圏の中にまで入り込んで来るようになった背景には、ブナなどの広葉樹林の伐採とともに、トチなどの木の実の不作といった、サルたちの生存が脅かされる自然環境の変化があった。

村人たちにとってのサルは、厳寒の冬をはじめ下北半島の過酷な自然を共にする森の友であり、飢えたサルの姿を見つけては、「憐憫の情」ともいえる素朴な気持ちで餌を与え出したのであろう。

やがてサルたちは、厳しい冬の間も苦労することなくヒトが与えてくれる餌に有り付けることを学習し、何百年もの間、ヒトとサルが互いに保ってきた暗黙の境界線を越えて、ヒトの生活領域へと入り込むようになった。里に姿を見せるようになった当初から農作物の被害は発生していたが、村人たちは、サルに十分な餌さえ与えればこうした悪さも減り、ついには本来の領域であった山の中へと戻ってくれるに違いないと善意に考えていた。

天然記念物や絶滅危惧種への指定などの手厚い保護施策の甲斐あって、サルは順調に増え続け、近年では、約三十群、千数百頭となり、生息域は、下北半島の鉞の部分全体へと広がる勢いとなった。地球温暖化の影響で、厳しい越冬環境が緩和され、自然淘汰される個体数が減少してきたことも増加の一因と考えられた。

しかし、生息数の増加とともに山の餌は不足するようになり、農作物被害は加速的に増えて旧脇野沢村から隣接する町村へと拡大し、止まるところを知らない。

ヒトは、捕獲したサルの一群を野猿公園で飼育するとともに、農地の周りを電気柵で囲うなどの対策を講じ出したが、かつては仲間と考えていたサルたちが、平然とヒトの生活領域を侵害するようになった現実に戸惑い、食い荒らされた農作物を前に、サルに対してやり場のない憤りを顕にするようになった。

ついには、青森県によって「鳥獣保護管理計画」が制定され、増えすぎたサルの個体数そのものを大幅に調整(つまり捕殺)する方策が認められる事態となった。

ヒトに危害を加えるサルに限定されていた捕獲対象も、農作物に被害を与えるサルにまで広げられ、「サルとヒトとの共存」を掲げながらも、全体数を絶滅しない最低ラインの千頭にまで縮減される予定であるという。

サルの平均寿命は、約二十年、あの吹雪に凍えていたサルは、今では生まれながらにして農作物を餌とする「里のサル」へと世代交代し、山へ帰ることさえも忘れかけている。

サルに「憐憫の情」でもって接していた人々は少なくなり、「サルとヒトとの共存」のためには、個体数の調整しかないという考え方が受け入れられるようになった。

過ぎ去った歳月は、もはや取り返すことはできない。ヒトによってサルが翻弄され続けたのか、それともヒトがサルに翻弄され続けてきたのか、答えは見えてこない。

下北半島で捕獲されるサルの予定数は三年間で二百七十頭で、幸いそのうちの二十頭は、東京の上野動物園に移され命を長らえるという。

全国では、ヒトの領域を侵害するサルが、年間一万頭も駆除されている事実からすれば、さほど驚く数ではないかも知れないが、絶滅から救うという目的でヒトの手によって保護され、餌を与えられてきた下北半島のサルたちにとっては、信じていた相手からいきなり手のひらを反されるという悲劇以外のなにものでもない。

同じ東北地方の宮城県では、悪さをするサルを駆除するだけでは追いかけごっこに終始するにすぎないとして、本格的なサルの「追い上げ」（サルを本来の生息領域にまで追い上げる）ができないかをめざすといった長期的な展望の「鳥獣保護管理計画」が策定されている。里に下りたサルをいかにすれば山まで追い返せて、そこが生息域であることをサルたちに学習させられるか。もちろん、自然林回復のための植林といった長期的に解決すべき課題も多い。

「反省サル」だけではなく、「共存」とは言いながらも、サルの生息環境に踏み込み、彼らの環境を著しく奪ってきた「反省せざるヒト」へと打ち鳴らされている自然からの警鐘にも素直に耳を傾けねばならない。

猿がいる
猿が待っている

猿がいそいそしている
猿がわくわくしている
猿が目を輝かせている（中略）
猿は友だち
猿は友だち
ここの少年たちはみなこのキモチの持ち主
猿を愛し猿をいたわるこころが
肩から胸から背中から立ちのぼっている（後略）

「北限のニホンザル」が最初に見つかった旧脇野沢村九艘泊の「サルの住む海辺公園」の碑に刻み込まれた、サトウ・ハチロー作の「猿は友だち」の詩が、波の音とともに静かに深く問いかけてくる。

友情の鯉のぼり　～福島県南相馬の真野小学校へ～

琵琶湖が最も狭くなったところに琵琶湖大橋が架けられている。その橋の西部、大津市側に、千数百年ものあいだ「真野」と呼ばれてきた地域が拓けている。

「真野」の語源は、「開拓された地に対する古来からの真の野」あるいは「山間から水辺へと広がる美しい野原」などに求められるという。

全国には、「真野」と名付けられた地域が三十数ヶ所あるといわれているが、一説には、琵琶湖南西岸にあった滋賀郡四郷のひとつの真野郷を根拠地としていた渡来系の真野氏の末裔が、関東や東北などへと移り住み、その地を「真野」と呼んだ名残であると伝えられている。移住説の真偽はともかく、近江の「真野」を全国のルーツとする、壮大な物語(ナラティブ)ではあるまいか。

大津の「真野」は、京都との境にある途中峠一帯の山々の水を集めた真野川が、伊香立の山間から抜け出て琵琶湖へと流れ出るあたりに形成された扇状地にあって、古くから「真野の入江」の歌枕の地としても知られてきた。

鎌倉時代に編まれた『玉葉集』には、

鶉鳴く真野の入江の浜風に尾花波よる秋の夕暮れ　　　源俊頼朝臣

の和歌が載せられている。都人にとって風光の地であった。

平成二十三年（二〇一一）四月から、退職後の第二の職場として、大津市役所真野支所に勤務しているが、この地域では、十数年前から毎年、四月中旬から五月中旬にかけて、真野川の堤防に沿って百匹ほどの手作り鯉のぼりを揚げる「ふれあい鯉のぼり祭」が行われている。

鯉のぼりの生地は、耐水性に優れた土佐和紙製の不織布で、毎年二月下旬から、地元の幼稚園や小学校をはじめ各種地域団体ごとに、アクリル絵具でカラフルな絵柄を描く作業が始められる。絵付けが完成して集められると、女性が中心となってつくられた「こいこいクラブ」のメンバーが、アイロンの熱を利用して繋ぎ合せて鯉のぼりに仕上げていく。

東日本大震災が起こった三月十一日は、その年の鯉のぼり作りの最盛期であった。

大津波による壊滅的な被害や幾多の犠牲者や行方不明者、さらには福島原発第一発電所事故による放射能汚染といった未曾有の事態に、「今年の鯉のぼり祭りは自粛すべきでは」

との声もあがり、一時は、中止もやむを得ないとの判断もなされかけようとしていた。

しかしながら、一方では、「こうした時期だからこそ、東北へとつながっている大空に鯉のぼりを元気よく泳がせて、被災地にエールを送ろうではないか」といった、前向きな意見も届けられていた。

四月初めに開催された実行委員会では、さまざま意見が出されたが、最終的に鯉のぼり祭は行なわれることに決定した。

「こいこいクラブ」では、赤ちゃんとその兄弟姉妹、両親、祖父母など一家全員の笑顔を描いた鯉のぼりを作成し、そのお腹の部分に、「今こそひとつになるとき」との被災地への応援メッセージを書いて掲げることとなった。

そうしたさなか、あるテレビ番組で、福島県南相馬市立「真野小学校」の校舎の被災のようすが放映された。この小学校も、河川が海へと注ぎ込もうとする、まさしく「真野」の名前に相応しい地域にあって、幸いにも生徒たちの犠牲者は出なかったものの、真野川を駆け上ってきた津波に襲われた校舎には大量の土砂や瓦礫が残され、女性の新井川校長ひとりが、黙々と後片付けをしていた。

そのあくる日、「支所長、テレビ見た？　南相馬にある同じ名前の真野小学校に何か応援できないかなあ……」。「こいこいクラブ」をまとめている行動力抜群の元気な加津美さんが、支所の玄関から入ってくるなり大きな声でこう切り出した。

加津美さんは、平成七年（一九九五）一月十七日早朝に起きた阪神淡路大震災の後、直ちに地域の有志とともに、マイクロバスをチャーターして神戸市長田区の「真野」地区に向かい、そこでの炊き出しを行なった経験を持つ実践派である。災害などで困っている人たちを見れば、極めて自然なこととして、どうすればいいかと頭で考え、体が動くというタイプの女性である。

「鯉のぼりを送ってみては、どうかな……」

その前の日、地域の人々の手によって揚げられ、真野川沿いに一斉に翻っていた色とりどりの手作り鯉のぼりの姿を思い浮かべながら、なにげなくこの言葉を口にした。

南相馬市に状況を問い合わせてみると、真野小学校は、校舎が使えなくなったため、近くにある農業改善センターを仮校舎にして、ようやく授業が再開されたとのことであった。

こうした経緯で、大津市の真野小学校の生徒全員の応援メッセージが書かれた三十六枚の不織布の鱗が取り付けられた「友情の鯉のぼり」を、南相馬市の真野小学校に届けようという、「真野小学校をつなぐ鯉のぼりプロジェクト」が実現した。

四月末に、送られた鯉のぼりには、南相馬市の真野小学校の在校生三十六人が希望のメッセージを書くための鱗も付けられていて、これを書き入れてもらって完成した後に、南相馬の空に揚げてもらうこととなっていた。

五月の連休を過ぎたころ、加津美さんのもとに、新井川校長からお礼の手紙と写真が届けられた。原発事故による放射能汚染の影響のため、残念ながら屋外に掲揚することはできなかったが、写真には、届けられた鯉のぼりを手に持った南相馬市の真野小学校の生徒や先生の笑顔があふれていた。

県内外へと避難している生徒が全校生徒の半分にも及ぶとのことで、震災前の学校に戻るまでの道のりは、まだまだ遠く、まだまだ厳しいようではあるが、加津美さんは、生徒の全員が、何の心配もなく通えるようになるまで、来年も、再来年も、ずっと先までも、「真野」という言葉につながれた「友情の鯉のぼり」を送り届けると、この私に宣言してくれている。

あなたの声

その歌を初めて聞いたのは、平成二十三年三月十一日の明け方で、ＮＨＫ『ラジオ深夜便』の「深夜便の歌」として流されていた。

余寒の残る朝の、目覚める前の夢うつつの中、語りかけるような哀愁を帯びたハスキーな女性歌手の歌声は、聞き終えてからも体の中に心地良いものを残してくれた。

ラジオのアンカーが、「山崎ハコさんの『あなたの声』をお届けしました」と、短く告げていた。その時はまだ、明日の朝も同じようにこの歌が聞けるものと思っていた。

この日の午後二時四十六分、宮城県牡鹿半島の東南東百三十キロ沖の太平洋の海底を震源地とするマグニチュード九・〇の東北地方太平洋沖大地震が発生する。

その直後、海底を震源地とする大規模な地震によって惹き起こされた最高四十メートルにも及ぶ巨大な津波が、三陸沿岸を始めとする東北地方や関東地方へと押し寄せ、予想をはるかに超える大津波の魔の手は、逃げ場を失った人々だけでなく、津波襲来に備えて大きな建物に避難していた人々さえも巻き込み、死者・行方不明者一万八千五百余人という未曾有の大惨事となった。

その時間、私は、滋賀県大津市役所の郵便局にあるATMの前に立っていた。最初は、軽いめまいのように感じられたが、やがて足元の周りが、ふわふわと長い周期で揺れ出していた。揺れがおさまり、庁舎の六階にある職場に戻ると、「少し前に、横長の大きな揺れがあった」と聞かされた。

しばらくして、先ほどの地震の余震とみられる長く大きな横揺れが伝わってきた。大きい地震のようであったが、これが長周期動と呼ばれる横揺れだとすれば、震源地は、かなり遠いように思われた。

京阪神における大地震といえば、平成七年一月十七日の午前五時四十六分に、突如として起こった阪神・淡路大震災が思い起こされる。兵庫県の淡路島の野島断層附近を震源地とする大規模な地震で、神戸を中心とした一帯に大きな被害が発生した。

滋賀県の湖南地方の守山市にある我家の木造住宅の二階で寝覚めようとしていたとき、突然、「ドドーン」という地響きのような音がして、下から突き上げられるような立て揺れとなり、やがて、「グルリ、グルリ」と、大きな円を描くような横揺れに変わっていった。咄嗟に布団から飛び起きようとしたが、あまりの激しい揺れのため、頭で考えるようには体が付いていかず、今にも動き出そうとしていた洋服ダンスが倒れないように押えるのがやっとで、揺れがおさまるまでの時間がスローモーションのように長く果てしなく感じられた。早めに職場に出かけようと最寄りのＪＲの駅まで行ったが、電車が止まったまま再開のめどがたたないというので、家に戻って自家用車で出勤した。車を運転中も、何度か大きい余震が起きているのか、道路脇の電線がときおり大きく波打って撓んだ。

今回の地震の震源地や被害状況などの情報を得ようと、インターネットのニュースを検索してみると、「東北地方で相当大きな地震があった模様……」との大見出しと、大津波警報発令を報せていたが、その後の各地の詳細な情報などは見られなかった。

テレビをつけてみるが、大きな地震があったとのニュースと、テレビ局の据付のカメラから見える市街地が激しく左右に揺れるようすや、物が落ちているスタジオが何度も繰り返し写されているだけであった。

阪神・淡路大震災の際にも、最初の情報は少なく、時間が経過するとともに、高速道路の橋脚の倒壊や、神戸市街のあちこちから立ちのぼる炎混じりの黒煙などが映像となって届けられ、次第に、死者数千人に至るという甚大な被害のようすが明らかになっていった。

もしかすれば、今回の地震も、マスコミでの情報収集がままならないほど大規模であったのではなかろうかと思った。東北地方が震源地ならば、リアス式海岸である三陸沿岸において大きな津波被害が起こっているのではないかとの不安が過ぎった。

東京で働いていた長女は、お台場のイベント会場に向かう途中に、地震に遭遇していた。地震の直後に、まだ使えていた携帯電話で安否を確認すると、「乗っていた車の助手席から、前を走っていた車がまるでバウンドしているかのように揺れていた。左右の路傍の街路樹は、風に揺れるかのように、バサ、バサと大きく波打っていた。ビルからは、ガラスや看板が落下しかけていたので、街路樹が途切れたところの路肩に車を停めさせて、地震がおさまるのを待ってから会社へと引き返した。とにかく、無我夢中で、詳しくは覚えていない」と、初めて経験する大きな地震に興奮気味であった。

時間が経過するとともに、地震によって惹き起こされた想像以上の高さの大津波がもたらした三陸沿岸の惨状が報道され始めた。

「津波」は、「ツナミ」という世界共通の用語となっている。三陸沿岸には、古くは平安時代に始まり、江戸、明治、昭和の各時代に、何度も大津波が押し寄せている。

「津波」は、この地方に住んでいる人々にとって、逃れることのできない日常的ともいえる自然の驚異であったが、今回は、そうした過去の被害をはるかに超える悲惨な地獄絵となって人々に襲いかかった。

「津波」に関して、東北のある地方には、「てんでばらばら」という諺が語り継がれている。「津波が来そうならば、たとえ家族の誰かが取り残されたとしても、助けに戻ろうと振り返ることなく、それぞれが勝手、勝手に高台へと逃れて、自分自身の命は、自らが守る」という意味で、非情というならば、これほど非情な言葉はない。肉親や仲間への愛情を押し殺してでも、自らが生き抜くために敢えて行動しろと諭す言葉なのである。

今回も、地震後の大きな津波襲来が予想され、人々は「てんでばらばら」になって生き延びることを十分に知っていたにもかかわらず、年老いた両親や幼い子どもらの命を津波から救おうと、多くの人々が津波の押し寄せてくる方向へと戻っていき、襲いかかってきた大津波の中に、無残にも飲み込まれ、命を落としていった。

その日の夕方になると、テレビの画面からは、大地震の後に、押し寄せてきた大津波の様子を伝える映像が幾度となく流された。想像を超える規模の大津波の破壊力に、海辺の市町の大半は、まるでジオラマを見ているかのように、ひとたまりもなく壊されていた。

かろうじて、高台に逃れた人々は、市街地に押し寄せてくる津波の姿を見つめながら、地を這うような低い嘆声をあげていた。恐怖のため、ただじっと佇んでいるだけの人もあった。先ほどまで活気に満ちていた街並みは、津波のエネルギーによって押し潰され、そこで営まれていた生活と住んでいた多くの人々の「声」が永遠に失われていった。

地震と津波に追い討ちをかけるように、津波に襲われた福島原発第一発電所の被害が明らかになろうとしていた。津波による電源装置の機能がダウンしたことに伴い、核分裂を制御するために使われていた冷却水の確保が困難となり、ついには、最悪のメルトダウンと、併せて放射能が大気中へ大量に拡散する水素爆発さえも生じさせる事態となった。

長年にわたり、原子力発電所は安全で事故は生じないと信じさせられてきた周辺地域の住民は、「安全神話」の崩壊はおろか、長年住み慣れてきた我が故郷を捨てて流浪の民にならざるを得ないという厳しい現実を、我が身をもって経験する。

自分自身が浴びた放射能が、どれ位の数量であったのかさえもわからず、場所によっては、よりもよって、放射能が風で拡散されて行く方面へと避難誘導されていたという例さえ明らかになった。

大地震と大津波による未曾有の被害のため、その日の『ラジオ深夜便』の放送は、被災者の安否情報を伝える番組へと急遽変更され、早朝に耳にしたあの『あなたの声』は、二度と流されることはなかった。

桜前線の到来とともに、「鎮魂」の四月が始まろうとしていた。探していた『あなたの声』のCDがようやく手に入ったので、それをもとにクロマチック・ハーモニカ用の楽譜を作ってもらい、五月に尼崎市武庫之荘で行なわれるライブで演奏しようと誓った。

数日して、出来上がった楽譜が届けられたので、間に合うようにと練習を開始した。

あなたの声　　　　　　　　　　　作詞・作曲　山崎ハコ

あなたの声には　景色がある　目を閉じていても　見えてくる
あなたの声には　色がある　真夜中ごろに　美しく
忘れる日々は　まるで散る桜　目覚めておくれ　春のふきのとう
過ぎた昔も　まだ見ぬ明日も　あなたの声が　連れてくる
夜の空を　思い出走る

（中　略）

夜の空を　希望が走る　夜の空に　希望よ走れ

曲想を深めるために、何度も歌を聴きながら、歌詞に込められた意味を考えてみた。「忘れる日々は　まるで散る桜　目覚めておくれ　春のふきのとう……」。口ずさんでみると、奇しくもこの歌は、初めて聞いた日の午後に起こった東日本大震災で犠牲となられた多くのかけがえのない命と、それとともに失われた「あなたの声」に対する鎮魂歌のように思えた。最後の「夜の空を　希望が走る　夜の空に　希望よ走れ」は、被災された人々に、希望を忘れないで立ち上がってもらいたいという、激励のようにも思われた。

何よりも、この歌をあの日の朝に聞いたことに不思議な「縁《えにし》」を感じていた。

五月半ばのライブの当日、演奏する前に、私が書いた短いメッセージが紹介された。

「あの大震災と大津波で、二度と聞くことができなくなった数多くの『あなたの声』に、この曲を捧げたいと思います……」

ピアノとベース、ドラムの生演奏をバックに、ライブハウスのステージでクロマチック・ハーモニカを奏で出した。静かなイントロから始めて、心を込めて吹いていく。次第に盛り上げて、「夜の空を　希望が走る　夜の空に　希望よ走れ」へと、一気に高めていった。

念じるがごとく、祈るがごとく、いつもにも増してハーモニカの音色が素直に反応し、吹き込む息がリードを激しく震わせ、低く高く、強く弱く、音色が変化し、会場内へと広がっていった。

自分が演奏しているのか、何ものかによって演奏させられているのか、ステージに立って演奏していることさえも忘れていたような、言い表せない時間が流れていた。

「もしかしたら、あの時の『あなたの声』の演奏は、遥か彼方の東北の空にまで届いていたのではなかろうか」と、今でもときどき思い出す。

あの日から今年まで二年の歳月が流れたが、未だに、二千七百人近い方々が行方不明のままであるという。いつになれば、鎮魂されるのであろうか。それとも、歳月が過ぎ去るとともに、いつしか忘れ去られてしまうのであろうか。

無力な自分を認めながらも、せめても、自分自身の中ではいつまでも風化させることのないよう、これからも、『あなたの声』の歌をクロマチック・ハーモニカの音色に乗せながら、失われた多くの人々の「声」に、静かに語りかけていきたい。

手紙を書く女

机の前の壁に、一枚のお気に入りの絵が掛っている。

窓から差し込んでいる柔らかな光に包まれた室内で、机に向かって手紙を書いていた妙齢の女性が、右手に持った羽根ペンの動きを一瞬止めてこちらに顔を向け、意味ありげな面持ちで見つめている。手紙に綴る言葉を考えているようにも思えるが、その視線の先にあるのは、彼女を描いている画家自身であろうか。それとも絵を観ている我々であろうか。

この絵の実物と初めて出会ったのは、平成十一年(一九九九)の二月中旬に京都市美術館で開催されていた「ワシントン・ギャラリー展」であったが、それから十数年を経た今でも、その時に見た彼女の眼差しが私の記憶の底に鮮やかに残されている。

絵の作者であるヨハネス・フェルメールは、十七世紀、海外貿易で栄えていた黄金時代のオランダに生まれ、陶芸で名高いデルフトを舞台に、画家で組織された聖ルカ組合などで活躍し、彼自身が描いたとされる三十数点の絵画が現存している。

『手紙を書く女』と題されている絵は、有名な『真珠の耳飾りの少女』と同じく、フェルメールが画家としての円熟期を迎えていた三十代後半の一六六五年頃に描かれているが、代表的な二つの絵はどちらも「観ている者を見つめる目線」をテーマとしている。

フェルメールは、肖像画から派生した風俗絵と呼ばれたジャンルの絵を得意とした画家として知られているが、なかでも家庭における女性の日常生活の一場面をとらえた、写実性に富んだ静謐な雰囲気の小作品を多く残している。

『手紙を書く女』は、キャンバスに油彩で描かれ、絵の中心に座っている女性の表情や服装、机の上に置かれた品物などは、細部まで丁寧に極めて写実的に表現されており、あたかも肖像画に近い精密な仕上げとなっているが、机の手前側や背後の壁やそこに掛っている大きな絵などは、暗くぼんやりとしか見えていない。こうした二つの描法の差が、女性の姿をより鮮やかに浮かび立たせる効果をもたらしている。

女性の髪には細い黄金色のリボンが飾られ、両耳には大きな真珠のイヤリングが付けられている。白貂の毛皮であろうか、襟元や袖口には斑点模様のある白毛で縁取りされた、ゆったりとした黄色の服を着ている。左腕の袖口に施された数本の縦方向のプリーツと、そこから上腕部へと流れている豊かなたわみが、女性の裕福な家庭環境を想起させる。

羽根ペンを持っている右手近く、机の上の便箋に添えられた左手の肘から指先にかけた素肌の腕も、光の中でわずかばかり黄色味を帯びている。フェルメールが捉えた一瞬の表情が、三百数十年の歳月の隔たりを超えて深い余韻とともに静かに伝わってくる。

机の上には、恋人から彼女のもとに届けられた贈り物であろうか、黄色のリボンが付けられた大粒の真珠のネックレスが置かれ、落ち着いた魅力的な輝きを放っている。

「ほんとうに私、今とってもも幸せなのよ。このようなすてきなプレゼントを届けてくれる恋人がいて、愛を込めた返事の手紙を書くことができるのだから……」

しかしながら、フェルメールは、単に幸せに充たされた若い女性が手紙を書いている場面のみを描こうとしたのであろうか。

そのように思いながら、女性の頭越しに掛けられている絵を注視してみると、何とそこには、おぼろげながらも「楽器」と「頭蓋骨」が描かれているのである。

十六世紀から十七世紀にかけて、人生の無常感をテーマにしたヴァニタス画と呼ばれる寓意的な静物画が、フランドル地方やネーデルランドなどの北部ヨーロッパで盛んになっていた。ヴァニタス画は、生のはかなさや快楽の虚しさ、死の確実さなどを観る者に喚起させる題材で描き出されているが、こうしたキリスト教的な教訓を比喩的に取り入れることを通して、当時はまだ歴史画や肖像画に比べて一段低いものとされていた静物画そのものの格を高めようとしたと考えられている。

このような時代背景からすれば、幸せそうに手紙を書いている女性の向こうに掛けられた大きな絵は、「楽器」（ヴィオラの仲間のバス・ヴィオール）と「頭蓋骨」が配されたヴァニタス画と見なすことができる。すなわち、「楽器」には、刹那的な人生が象徴され、「頭蓋骨」には、死の確実さという寓意が込められているのである。

フェルメールは、『手紙を書く女』の中で、女性の華やかな日常の姿とともに、その背後に隠されている誰もが逃れられない人生の無常さをも描こうとしたのではあるまいか。

「人生ははかなく、生あるものは、誰しも死から逃れることはできない。しかし、それゆえに、人間は、束の間の若さと輝きを与えられている……」

『手紙を書く女』に込められたフェルメールの想いが、あの眼差しとともに甦ってくる。

『ユルスナールの靴』を読む

須賀敦子にとって、「世の流れにさからって生き、そのことを通して文章を熟成させていった」作家マルグリット・ユルスナールとは、一体いかなる存在であったのか。

《強靭な知性にささえられ、抑えに抑えた古典的な香気を放つユルスナールの文体と、それを縫って深い地下水のように流れる生への情念を織り込んだ、繊細で、ときに幻想の世界に迷い遊ぶ彼女の作風に、数年来、私は魅せられてきた。（中略）人は、じぶんに似たものに心をひかれ、その反面、確実な距離によってじぶんとは隔てられているものにも深い憧れをかきたてられる。》

「あとがきのように」のなかに綴られているこの文章には、須賀がユルスナールに対して抱いていた憧れと、それでいて真っ向から彼女と対峙しようとするひそやかな決意さえもが見え隠れしている。

『ユルスナールの靴』（須賀敦子著）には、幾つもの場面が重層的に語られており、ユルスナールが生きた軌跡と、須賀敦子というひとりの人間が歩んできた精神の遍歴を断片的に展開させようとする彼女独自の手法によって、須賀自身から浮かび上がる輪郭の鮮やかさに比べて、肝心のユルスナールの姿は、茫洋とした霧のなかに浮かんだように、ぼんやりとしか伝わってこない。

この著書は、須賀の生前の最後にまとめられたものであるが、ユルスナールの著した『ハドリアヌス帝の回想』をテーマとした「皇帝のあとを追って」の章の結びにおいて、ローマ皇帝ハドリアヌスの霊廟を訪れた際の印象を次のように記している。

《ハドリアヌスは、現在の私より若い、六十二歳で他界している。死期の近いのを悟った皇帝の述懐のかたちでこの作品をまとめたユルスナール自身は、八十四歳まで生きた。じぶんに残された時間はいったいどれほどなのだろうか。》

須賀は、ミラノでの結婚の数年後に、夫のジュゼッペ・リッカを四十一歳の若さで亡くしている。カソリック左派の運動拠点であったコルシア書店での活動を通じて知り合い盟友でもあった夫の突然の死は、その後の須賀の人生に大きな影響を与えるが、結婚後、須賀は、夫を失うのではないかという不安な気持ちにとらわれていたと回想している。熟年期を迎え、自分に残された生命時間への漠とした不安が、『ユルスナールの靴』において、単身でイタリアへと渡った青春時代から辿ってきた自らの精神の遍歴を文字として表出させ、須賀敦子というひとりの人間の輪郭を際立たせている。

『ユルスナールの靴』と題されているように、この文章の中には、「靴」に関するエピソードが随所に散りばめられていて、読者に、靴＝歩く＝旅のイメージを連想させる。

なかでも、プロローグでは、須賀の人生観が「靴」をモチーフに、詩的に書かれている。《きっちりした靴さえあれば、じぶんはどこまでも歩いていけるはずだ。そう心のどこかで思いつづけ、完璧な靴に出会わなかった不幸をかこちながら、私は、これまで生きてきたような気がする。行きたいところ、行くべきところぜんぶにじぶんが行っていないのは、あるいは行くのをあきらめたのは、すべて、じぶんの足にぴったりな靴をもたなかったせいなのだ、と。》

「フランドルの海」の章では、須賀は、足元に白いリボンが結ばれた、人形じみたちぐはぐな靴をはいたユルスナールと、それでいてじぶんの靴の面倒がみられるようになると、生涯、ぴったりと足に合った靴をはいたひとりの人間として旅立ち、ひたすら歩き続けたユルスナールに思いを馳せている。「靴」は、旅人にとっての必需品である。生まれて間もなく母を失ったユルスナールは、文学青年で旅を愛したエキセントリックな父ミシェルと行動を共にするが、こうした父の性向は、旅を生涯の友として生きた彼女の人生に大きな影を落としている。もうひとつの影響を受けていた文学においては、十六歳のときに、父の援助のもとに対話詩『イカルスの庭』を出版している。さらには、二十六歳を迎えた一九二九年、同性愛という、カソリックでは〈異端〉とされていたテーマを扱った、陰翳に陰翳を重ねた作品『アレクシス、あるいは虚しい闘いについて』を著している。この年、ユルスナールは、「透徹したテクスト」と、この作品を高く評価してくれた最大の理解者の父を、滞在先のスイスで亡くしている。須賀は、この作品から、フランス的な透徹を重んじる文化を超越したヨーロッパ的な重さと深い陰翳の気配を目ざとく感じとっている。

一九二九年は、須賀敦子がこの世に生を受けた年である。「一九二九年」の章では、靴音とともに残された幼な友だちの「ようちゃん」の人生が交錯するように述べられている。「だいじなのは、じぶんがどう生きたいか、なんだから……」と、一途に洗礼を受けようとする「ようちゃん」。戦争中に、彼女から薦められたアンドレ・ジイドの『狭き門』について、須賀は、主人公のかたくなな拒絶態度が理解できないまま、後年、それがフランス人特有の純粋さや透徹した精神性に支えられていたのではと考えるようになる。ここでの精神とは、知性による判断の練磨であり持続であって、この持続的な精神性こそが、『狭き門』で、ジイドが描こうとしたテーマであったとし、修道院に入って間もなく、若くして天に召された「ようちゃん」の純粋そのものの生き方や精神性に、それを重ねる。「砂漠を行くものたち」の章では、第二次世界大戦直前のヨーロッパを離れて、生涯を共に過ごすこととなるアメリカ人のグレース・フリックと船でアメリカへと渡るユルスナールが書かれている。渡米後、直ぐに戻ってこられるものと思っていたためか、原稿などが入ったトランクはスイスのローザンヌのホテルに残したままであった。当時のユルスナールにとっては、旅はひとつのライフスタイルの一端に過ぎず、放浪とみえる旅でさえも、彼女にとってはもって生まれた天性のようであった。

須賀は、パリ留学時代に知り合ったシモーヌに、「あなたは根本的にノマッド（放浪者）ではないか」と言われる。「ヴァガボンドと同じでは」との須賀の問いかけに、シモーヌは、「牧羊者を語源とする高貴さを持ったノマッドとは異なり、ヴァガボンドには、ふらふらと居場所を変える人間といった否定的な響きがある」と答えたという。

後年、夫を亡くして、「目標を見失った探検家のように、あてのない漂流」を始める運命を辿ることとなる須賀に対して、シモーヌは、障碍者との共同体〈箱船〉に、その生き方を求めていく。ユルスナール、シモーヌ、そして須賀の人生の底流に共通していたのは、それぞれがノマッドとしての「靴」をはいた人生の旅であったといえよう。

「皇帝のあとを追って」の章において、ようやくユルスナールの代表作『ハドリアヌス帝の回想』へと場面が展開されていく。

この章におけるキーワードは、「霊魂の闇」で、ユルスナールは、この物語の「覚え書」において、次のような自らが経験した「霊魂の闇」に関する記述を残している。

《……ほとんどの人たちがわたしよりもっと悲劇的で決定的な経験を通して識ったあの霊魂の闇は、ハドリアヌスとわたしを隔てる距離を埋め、なによりもわたし自身をじぶんから隔てている距離を埋めるための作業をみずからに課す試みとして、たぶん必要だったのだから……》

「霊魂の闇」は、ボナヴェントゥーラが十三世紀に著した『神にいたる魂の旅程』の中に見ることができ、パリ在住の時期に須賀も読んでいる。

神に到達するうえでの、たましいの辿る道には三つの過程があって、神の愛のあたたかさのなかで前へと進む第一段階と神との結合に至る第三段階とのあいだに横たわる第二段階は、神を求めるたましいが手探りで歩かねばならず、その漆黒の闇を抜けられた者だけが神との歓喜を許されるという。

夫の死後において須賀を捉えたあたらしい闇について、須賀は、《それまで見えなかった虚像と実体とのあいだに横たわる溝の深さを、私は教えられた》と、述べているが、夫の死によって実感した虚実の狭間に横たわる深い隔たりは、ユルスナールが経験した「霊魂の闇」に通じるものとして認識され、カソリック信者としての須賀のこころに、神に出会うために人間が避けることのできない試練＝闇として内包されていく。

ユルスナールは、『ハドリアヌス帝の回想』を、ローマ郊外のハドリアヌス帝の遺跡

（ヴィラ・アドリアーナ）を父と訪れたときに着想し、二十年の歳月をかけて完成させている。

ユルスナールに感動を与えたのは、フローベルの書簡集のなかの次の一節であった。

「神々はもはや無く、キリストは未だ出現せず、人間がひとりで立っていた。またとない時間が、キケロからマルクス・アウレリウスまで、存在した……」

ユルスナールがアメリカに渡って十年後、奇跡のような出来事が彼女を追いかける。スイスのホテルに残されていた、ハドリアヌス帝の資料や草稿が入っていた「彼女のトランク」が無事に届けられたのである。

これが契機となって『ハドリアヌス帝の回想』が書き上げられるが、世界を崩壊のなかに巻き込んだ第二次世界大戦という「闇」の時代を経験することを通じて、ハドリアヌス帝の内面の「たよりない、いとおしい、たましい」の遍歴へのユルスナールの思考は醸成され、より深い陰翳を伴った作品として具現化されたのである。

須賀は、この作品を書いたユルスナールと同じ年齢のころの自分を、「狂的といっていいほどの速度と体力と集中で仕事ができた時代」と、日本に帰った須賀が懸命に取り組んでいた「エマウス運動」を振り返っているが、こうした生活に根ざした実践的な行動を通して神への接近を模索していた実体験そのものが、その後の須賀の人生そのものに深い余韻を伴う陰翳を与えたといえよう。

ユルスナール自身が旅の中で知った「神へと向かう闇」と、須賀の内面に持たざるを得なかった濃い闇という共通する闇の概念が、須賀をユルスナールへと向かわせた最大の要因であったに違いない。

「神々はもはや無く、人間が立っていた」時代に生きたローマ皇帝ハドリアヌスの遍歴に対して、次章の「死んだ子供の肖像」では、ルネッサンスに翳りが見え始めていた十六世紀、ユルスナールの父祖の地のフランドル地方に生まれた私生児ゼノンを主人公とする『黒の過程』について述べられている。この物語は、ユルスナールの祖先のひとりで、異端者とされていた人物を題材に取り上げたといわれている。

《だが、ゼノンは横道を行くこととした》と、書かれているように、ゼノンは、当時の教会から異端者として弾圧されていた錬金術師としての道を歩み出そうとする。『黒の過程』においては、古代への復興をめざしていたルネッサンス時代から新たな自然哲学を模索しようとしていた端境の時代におけるゼノンの、「文化の系譜としても拠りどころを失った」孤独なたましいの遍歴が描かれている。ゼノンもまた、果てしなくさすらうノマッドのひとりとして、旅に生きそして旅に死ぬ。須賀は、現代の我々が抱えている深い闇や人生への模索にもつながるゼノンの生き方を語ろうとしたユルスナールにより深い共感を感じとり、共通する旅の血筋を静かな眼で垣間見ようとする。

《ユルスナールのあとについて歩くような文章を書いてみたい。そんな意識が、すこしずつ私の中に芽ばえ、かたちをとりはじめた。彼女が生きた軌跡と私のそれとを、文章のなかで交錯させ、ひとつの織物のように立ちあがらせることができれば、そんな煙みたいな希いがこの本を書かせた。》(「あとがきのように」)

『ユルスナールの靴』において、須賀は、ユルスナールが迫ろうとしたハドリアヌス帝の内面の遍歴や「虚空をまさぐって歩く人間の時間。精神の孤独な遍歴」に生きたゼノンの姿に、須賀自身が歩んできた波乱の人生や孤独な精神の旅路を重ねながら、旅そのものを象徴する「靴」をモチーフにしつつ、限りない闇とともに生きざるを得ない現代人の孤独なたましいへの真摯な問いかけを残そうとしたのではなかろうか。

《参考文献》
須賀敦子著『須賀敦子全集』第三巻　河出書房新社　二〇〇八年
マルグリッド・ユルスナール著『ハドリアヌス帝の回想』白水社　一九八五年
マルグリッド・ユルスナール著『黒の過程』白水社　一九八一年

燃やす

火と人間との関わりは、五十万年前に出現した原人にまで遡ることができる。中国の北京郊外の周口店の洞窟には、北京原人たちが火を使った痕跡が残されてあった。

単なる火との関わりの話ならば、我が国のある野猿公園では、焚き火にあたって暖をとる賢いニホンザルがいるという。

しかしながら、北京原人以来、人は火を手で扱えるという重要なファクターに気付いて、夜の闇を照らす灯りとして用いたり、獲物を焙って焼いたり煮たりするなど、能動的な関わり方を伝え続けてきた。

火は、用いられ方によっては、全てを灰にし、時には人をも焼き尽くす恐ろしいものとして、やがてそれを司るものに委ねられ、火を中心とした集団社会の構築へとつながる。

時として火は全てのものを焼き尽くすとはいうものの、原始的な焼畑農耕や、琵琶湖岸で行なわれてきた葦焼きなどには、燃やされて灰となった中から生まれ出る新たな芽吹き、すなわち「再生」を期待する意味での火の姿を見ることができる。

火による「再生」といえば、エジプト神話にあるフェニックスの伝説が思い浮かぶ。砂漠に住むという想像上の鳥フェニックスは、五百年に一度ずつ、燃え盛る火の中に我が身を入れて焼き滅ぼされ、その後、若々しい姿となって「再生」すると信じられている。「火」が燃えるというが、「燃」という字の元の字は「然」である。「然」の意味は本来、「犠牲として捧げられた犬の肉を焼く、焙る」であったが、中国の漢代以降、これにもえあがっている火の形を表す「火」偏を付け加えて、「より激しくもやしたり、やいたりするようす」を表現する「燃」という文字が出来上がったとされる。

原人以来、人の感情の中に埋め込まれている火への畏怖の念は、文明が進歩しても何ら変わることはない。現代社会においても、火は、時として人知を超えたものとなって、家を燃やしたり人の命をも奪ってしまう。

そうした一方で、火は、我々の日常生活の場である「ケ」と、特別な出来事の場である「ハレ」との接点において、あるときは「穢れを清め」、あるときは、「再生」をもたらすという役目を担うことがある。

正月を迎えた家々の玄関先を、十日ばかり飾っていた注連飾りが、神社の傍らの広場に集められ火が入れられる。青いまま刈り取られ稲藁で編まれた注連飾りに、火はまたたく間に広がり、炎となって燃え上がる。

空高く巻き上げられた白い煙の中から、火の周りに佇む人々へと細かい灰が降り注ぎ、稲藁や飾りに付けられていた橙などが焼ける匂いがあたりに漂う。

注連縄を焼く炎を眺めながら、人々は、過ぎ去った正月への感慨に浸りつつ、冬の寒さの向こうに静かに息づいている「再生」の春を予感する。

歳神様を迎えるための結界を示すものとして使われた注連縄を、清浄なまま火にかけ「燃やす」という行事を通じて、人々は、正月という「ハレ」の舞台から、「ケ」である日常生活へと戻されていく。

こうした行事は、「左義長《さぎちょう》」や「どんど焼き」など、それぞれの地方での呼ばれ方は異なるものの、全国各地に伝えられてきた。

「左義長」の語源は、「三毬杖《さんぎっちょう》」に求められる。「毬杖」とは、木製の毬を打って遊ぶ遊戯に使う槌状の杖である。「毬杖」のルーツは、ペルシアから中国の唐へと伝わり、やがて遣唐使によって我が国へもたらされた「馬球《まきゅう》（打球）」である。

「馬球」は、馬を走らせながら馬上から皮製の毬を打ち合う競技（ヨーロッパのポロ競技と似通っている）であるが、戦場での馬戦技術を養うものとして、唐時代の貴族のあいだで盛んに行なわれていた。

かつて、「馬球」の様子が描かれた中国西安郊外の章懐太子の古墳から出土した壁画を見たことがある。そこには、ステッキを逆さにしたような柄の長い毬杖を振り上げながら、西域伝来の駿馬を巧みに操っている貴族の若者たちの姿が色鮮やかに残されていた。

「馬球」は、我国にも伝えられたが、日常生活に馬を用いる習慣がほとんどなかったため、いつしか人が杖を持って行なう「毬杖」(さながらホッケー競技であろうか)へと変化し、主に正月の遊びとして、若者や子どものあいだに広まっていく。

『徒然草』の第百八十段に、「さぎちやうは、正月に打ちたる毬杖を、真言院より神泉苑へ出して、焼きあぐるなり……」とあるように、正月に宮中で使われた毬杖を三本まとめて燃やす「三毬杖」の行事が、やがて「左義長」へと派生したと考えられている。

宮中では、正月十五日と十八日に、清涼殿の東の庭で、青竹を立ててこれに毬杖を結わえ、短冊や扇子を飾って書き初めなどを焼いたとされるが、これが民間へと伝わり、青竹を組んだ周りに、正月の門松や注連飾り、書き初めなどを持ち寄って焼く行事へと移っていったのであろう。

私が生まれ育った村でも、小正月に、「どんど焼き」が行なわれていた。

五、六歳のころの思い出であろうか、凍てついた真冬のまだ明けやらぬ野道を、誰かに手にひかれながら歩いていた。眠気の覚めぬまま、片方の手には、幾つかの切餅と蜜柑が入った竹かごを提げていた。蜜柑といっても、傾斜地の畑に植えられていた木から晩秋に収穫され、農作業場の片隅の籾殻の詰まったブリキの一斗缶に保存されていたものであった。山間地で、土地が痩せていたうえに、日照時間が短かったせいか甘みは少なかった。

村の南西端を流れている川の堤防の下のわずかばかりの砂地に、大人たちの手によって、笹がついたままの数本の真竹が立てられ、そのあいだに家々から持ち寄られた注連飾りや門松が組み込まれた。筆で文字が書かれた半紙も混じっていた。

火が入れられると、乾ききった注連縄が勢いよく燃え上がって、門松はぱちぱちと音を立て、字の書かれていた紙は、上昇気流となった火の粉にあおられて空へと舞い上がり、川向こうへと飛んで行った。

集まった者たちは、火柱に体の前や背中をかざしながら、口々に無病息災を祈った。

火の勢いがおさまると、残った「おき」を、堤防に掘ってあった幾つかの横穴に入れ、その上に金網を乗せて蜜柑と切餅を並べた。

燃え上がる火柱で高揚した気分と、残り火となった「おき」の静かな温かさが記憶の底に留まり、あたりに立ち込めた煙のなかで食べた、こんがりと焼けた切餅とほくほくとした「焼き蜜柑」の味は、今でも思い出すことができる。火とともに、「ハレ」から「ケ」へと移ろう季節があることを知った初めての経験であった。

正月の歳神にかかる「ハレ」と「ケ」の境界を彩る「燃やす」行事が、「どんど焼き」

や「左義長」であるのに対して、盂蘭盆会における祖先の霊にかかる「燃やす」行事が、「迎え火」や「送り火」である。

「迎え火」は、盂蘭盆の前日の晩に、家の前の畑の傍らで焚かれた。一束の稲藁に火を入れ、祖父母が小さな声で短い念仏を唱えながら祖霊を迎えるための小鐘を叩いた。

星が輝く夜空から、燃え上がる炎と鐘の音を頼りにして、ご先祖様が我家に盆帰りされると聞かされ、その晩は不思議な気持ちでなかなか寝付けなかった。

盆の三日間、祖母は、仏壇の前に設えた精霊台に野菜や果物、花などとともに、朝昼晩と三度の食事を供えた。はるばると盆帰りしてきたご先祖様へのもてなしであった。

お膳に添えられていた小さな箸は、長さ二メートルほどの麻幹（皮を剥いだ麻の茎）を数センチずつ短く手折ったもので、毎朝、新しいものと取り換えられた。使われた箸はひとまとめにして残され、ご先祖様があの世へと戻られる夕刻、川へと流される茄子や胡瓜を、馬や牛に見立てるための足として突き刺された。

「送り火」は、八月十六日の夜に、盆帰りしていた精霊をあの世へと送る行事であるが、平安時代に京の都に流行っていた疫病退散を願って、空海が始めたと伝えられている「京都五山の送り火」が名高い。その雄大なスケールからして、一説には、遥かペルシアの拝火教（ゾロアスター教）の影響を受けたものではないかとも言われている。

私がいた村でも、盆の「送り火」が行なわれていたが、わずか数十戸の小さな集落にしては大掛かりなもので、この行事を取り仕切るのは、小学生の高学年と中学生から成る十数人であった。

村では、いつの頃からか、各戸の門口に、三、四メートルの真竹を用いた七夕飾りを立てるのが恒例となっていた。それぞれに趣向を凝らした短冊や色紙で飾られた笹竹は、七夕が済んでからも、盆近くまでのひと月あまり門口に立て掛けられていた。

「送り火」の燃やされる広場は、村のどこからも望むことのできる小高い尾根の頂に拓かれていた。「送り火」行事の準備は、七月の半ばから始められたが、最初の作業は、生えるにまかされていた広場の除草であった。

大人は一切関わることなく、少年たちだけで運営されるこの行事は、村の大人として認められるための試練の場と考えられていた。彼らは、年長者から順繰りに語り伝えられてきた段取りをもとに、「送り火」の当夜までの一ヶ月間を、その年の当番となる家を根城にして、行事仲間の一員として協働し合った。

草が刈り取られた広場の中心には、十数メートルほどの高さの、先端には笹が残されたままの孟宗竹が天高く立てられ、竹は、高ければ高いほど天に近くなり、精霊が早く帰り着けるとされた。切り出した重い竹を、少年たちの力だけで広場のある頂へと担ぎ上げるのは、並大抵ではなかった。

中心となる孟宗竹を取り囲むように、数メートルの長さの真竹が何本も並べて立てかけられ、その周りに、家々の門口から集めてきた七夕の笹飾りが組み込まれた。

孟宗竹を担いで尾根まで上がるときや、七夕飾りを集め回る際には、少年たちは彼らのひとりが叩く鐘の音に合わせて、「送り火」行事の掛け声ともいうべき哀調を帯びた言葉を繰り返した。

「アンマノエ、アガランカ」

「アンマノエ、アガランカ」

「アンマノエ、アガランカ」

まだ行事に参加できなかった私は、この呪文のような不思議な言葉を聞いただけであったが、今からすれば、「送り火」行事に相応しい意味が込められていたように思われる。

「アンマノエ」は、「アマノウエ」すなわち「天の上へ」を表しており、「アガランカ」は、「上がろうではないか」というのではなかろうか。

そのように解釈するならば、彼らが口ずさんでいたのは、「天の上へ上がろうではないか」という言葉となり、まさに、盆帰りしたご先祖様の精霊を、天上へと送り届けようとする行事に適った掛け声になるのである。

「送り火」の当夜、少年たちは、山裾を流れている川のほとりに集まり、割った真竹の先に松の割り木を詰めた松明に火をつけて、「アンマノエ、アガランカ」の掛け声を繰り返しながら山の上の広場をめざして一列縦隊で歩き出す。

夜道に点々と連なる松明の火は、村に帰っていた精霊たちを山へと誘う道しるべとなって少年たちと一緒に上がっていった。

広場へと辿り着いた松明は、孟宗竹のモニュメントを取り巻き、やがて、大きな掛け声とともにその中へと一斉に投げ入れられ、繰り返される掛け声の中で、炎は空高く燃え盛り、振り撒かれる火の粉とともに広場を赤々と浮かび上がらせた。

「送り火」の松明を無事に送り終えた少年たちは、顔を紅潮させたままいつまでも火の粉の行方を見上げていた。

村人たちは、それぞれの家の門口に立って「送り火」を眺め、燃え上がる炎とともに、祖先の精霊が無事に天上へと戻って行ったことを確かめ安堵するのであった。

たかだか数十年前まで、全国各地で見られた正月や盆における「燃やす」行事も、昨今のオール電化の普及など、家の中に「火」そのものがなくなる時代の到来のなかで、次第に過去のものとなりつつある。

インターネットに掲載された「どんど焼き」に関するとある市町村の記事に、「野焼き禁止条例」の除外規定として、「ただし、正月等の伝統行事であるどんど焼きは除く」と、わざわざ明記されているものがあった。「どんど焼き」もついに「野焼き」の仲間として扱われるようになったのかと、半ば嘆かわしい気持ちになった。そのうちに、「燃やす」行事そのものが人々に忘れられ、やがて消えて行く運命にあるのではなかろうか。

もちろん、「燃やす」という現象そのものが衰退し、「火事」までも消滅するというのならば、世の中ずいぶん住み易くなるであろうが、火事ばかりは、いくら我々の前から「火」の姿が見えなくなったとしても、漏電からでも起きるし、また雷様もたまには天から落ちてきて「燃やす」という悪さをする以上、なかなかなくなりそうもない。

ただ、もし「燃やす」ことは「火事」だけという時代が来ると仮定するならば、人類が火を手にした太古から営々と伝えられてきた「燃やす」文化は消え去り、「ハレ」も「ケ」もない、さぞかし味気ない世の中になるに違いない。

義仲寺の風

蒲生野

近江盆地の東部に広がる蒲生野は、見渡す限りの緑に覆われ、初夏を迎えた松木立からは、ときおり蝉の鳴き声が聞こえていた。

丘陵に沿って数戸ずつの農家が点在する村を幾つか通り過ぎ、ようやく辿り着いた風景は、私が幼いころに育てられていた母の故郷の佇まいに驚くほど似ていた。

蒲生野の東端に位置する蒲生郡日野町小野の里は、なだらかな傾斜をもった二つの丘に挟まれ、その間の日当たりの良さそうな斜面にはいくつもの棚田が拓かれていた。田に面した南向きのわずかばかり小高くなった平地の所々に、家が鎮まっていた。

人の姿の見られない昼下がりの村は、ゆるやかな時の移ろいのなかでまどろんでいるようで、あてどなくこの地へと迷い込んできた旅人を優しく包み込んだ。

見渡せば、どの田にも早苗が植えられ、満々と張られた水と豊かな日差しのなかで、生き生きと育ちはじめていた。目の前に広がっているのどかな田園風景からは、夏の暑さを経て、やがて秋の季節とともに届けられる確かな豊穣が予感された。

農道を集落の東外れまで辿ると、周りを田に囲まれた中に、木々がこんもりと茂っている神社の森が見えてきた。

神社といっても、瓦葺きの小ぶりな屋根を支えている四脚の拝殿だけのまことに簡素な造りで、肝心の社そのものは拝殿の隅にかたちばかりにあって、農道から神社まで乾いた白い土の参道が続いていた。

参道のかかりには、『鬼室神社』と刻まれた自然石の碑と、その傍らにハングル文字で書かれた案内板が設けられていたが、それらに気づかなければ、そのまま通り過ごしてしまいそうな農村の鎮守の森の風情であった。

拝殿の縁側には、参拝に訪れた人々が自由に持っていけるようにと、平らなブリキ製のお菓子の缶の中に神社の由来書が入れられ、そこには千数百年の歴史を有し、『鬼室神社』の名前のもととなった百済からの渡来人の鬼室集斯が祀られていると書かれていた。

遥かな昔、この地に朝鮮半島にあった百済から我国へと逃れてきた人々が移り住み、彼らの末裔たちは、その足跡を風化させることなく、神社という確かなかたちで守り続けてきたのである。

神社の裏側へ回ると、石の玉垣がめぐらされたなかに石の祠が置かれていた。正面は、花崗岩の扉で閉ざされていたが、その中には付近で産する黒雲母花崗岩で造られた高さ五十センチほどの八角柱の墓碑が納められ、表面には、『鬼室集斯墓』の文字とともに、集斯が没した朱鳥三年（六八八）十一月八日の日付が刻まれていて、ひとりの渡来人の存在を今に伝えている。

そもそも近江の地が、我国の歴史上で重要な位置を占めるようになるのは、天智天皇六年（六六七）三月の中大兄皇子（この翌年に即位して天智天皇）による近江大津への遷都を契機としている。

当時の東アジア情勢、特に朝鮮半島においては、高句麗、新羅、百済の国々が相争う緊迫状態にあった。なかでも、仏教を伝えて以来、我国と友好関係にあった百済は、六六〇年に、新羅と唐の連合軍に王都の扶餘を陥落させられ、あえなく滅亡する。その翌年、先に百済から我国に亡命していた皇子の豊璋が、百済王となって朝鮮半島に立ち戻り、重臣の鬼室福信らとともに、百済の復興をかけた戦いが始められている。

百済国を再び興そうという大義のもとでの豊璋らの戦いは、出だしは順調に勝利していったものの、やがてこの二人は、激しく対立するようになり、あろうことか、ついには福信が豊璋に嫌疑をかけられ殺されるという悲惨な結末を迎える。

知将として名を馳せていた鬼室福信を失った百済軍は、勢いを取り戻した唐と新羅の連合軍の前に、なすすべもなく、はるばる海峡を越えて派遣されてきた我国からの援軍も、白村江の戦いにおいて、強大な唐の水軍を相手に壊滅的な損害を被ってしまう。

この戦いをもって、百済は、歴史から消えてしまうのであるが、ことはこれで済んだのではなく、その後の我国は、百済からの大量の難民を受け入れ、生活の場を与えたのである。国を失った百済の人々は、故地を離れ、遥か海峡を越えた異国の地へと再生の旅を続けたのであった。

近江大津京への遷都は、こうした東アジアの緊迫した歴史背景のなかで行われ、時を同じくして、百済から渡来してきた人々の多くは、大津から琵琶湖を隔てた湖東の地へと移り住み、その数は、数千人にも及んだという。

これが事実であるならば、蒲生野をはじめとする近江の山野には、百済から新天地を求めてやってきた人々によって作られた幾つもの村が営まれていたことになる。

このように、近江の地に多くの渡来人が移り住んだ背景には、白村江など朝鮮半島での敗北によって、政治的な基盤が揺らぎつつあった中大兄皇子らが、近江大津に遷都する際に、豊かな文化や高度の生産技術を蓄えていた百済の人々を、いわば知的頭脳集団として迎え入れ、活用していこうとの意図があったのではあるまいか。

百済復興への忠臣であった鬼室福信の子どもとされている鬼室集斯は、こうした激動の時代に、我国へと渡ってきたのである。

百済からやってきた人々に関しては、『日本書記』の天智天皇四年二月に、

「百済の百姓《たみ》男女四百余人を以て、近江国の神前郡に居く」とあり、
同じく天智天皇八年には、

「又佐平余自信・佐平鬼室集斯等、男女七百余人を以て、近江国の蒲生郡に遷し居く」と記されている。

この「遷し居く」とは、何らかの目的をもって、他の場所にいた集斯らを蒲生郡に移住させたという意味に解することができよう。

これを裏付けるかのように、翌年の二月には、蒲生野に関する興味深い記述が見られる。

「時に、天皇、蒲生郡の匱迮野《ひさの》に幸して、宮地を観はす」

天智天皇が、大津京から琵琶湖を渡った対岸に広がる蒲生野の必佐郷に行幸され、新たな「宮」の適地を探し求められたという事実が語られている。

これより二年前の天智天皇七年の五月五日には、天皇をはじめとする近江朝廷の主だった人々によって、蒲生野での華やかな狩猟が行われており、このときに、万葉集にある大海人皇子と額田王との名高い相聞歌が詠まれている。この狩猟がきっかけとなって、天智天皇のなかに蒲生野への遷都構想が生まれたのであろう。

同じ頃、大阪と奈良との境の高安山に築かれていた朝鮮式山城や海から侵入する敵を防

ぐための土塁である西国の水城が修復されている。新羅や唐などの海外からの侵攻に対処するための防衛拠点の強化策であった。

こうした緊迫していた東アジア情勢のもとで、大津京から蒲生野の新京への遷都計画が検討され、それを具体化するために、予め蒲生野に百済からの渡来人たちを住まわせ、その中心人物として、鬼室集斯や余自信らの有力者を配したのではあるまいか。

さらに、『日本書記』は、天智天皇九年には、鬼室集斯が、天皇から、今でいうならば文部大臣に相当する高い位である学問頭《ふみのつかさのかみ》に任ぜられたと続けている。

しかしながら、この年の暮れに天皇は病を得られ、翌年、大津京で崩御される。蒲生野への遷都の夢は、儚く潰え去り、渡来人のその後の運命は大きく変えられていく。集斯らをはじめとする百済からの渡来人のその後に関しては、文献等においても定かではないが、天智天皇という最大の支援者失った彼らは、やがて引き起こされた壬申の乱や大津京の衰退とともに、厳しい自活の道への試練にさらされたに違いない。

そうした彼らにとって、誇りであり精神的な支えとなっていたのは、近江朝廷に特に信頼の厚かった鬼室集斯であったと考えられる。

墓碑に残されている集斯が没した朱鳥三年には、すでに都は近江大津の地を離れ、飛鳥浄御原へと移っている。近江に移り住んだ百済からの渡来人たちの存在は、世の中の人々のあいだから、次第に忘れられようとしていた。変遷する時代の流れに適応できた渡来人のある者は、国政にも関わっていたであろうが、その後の記録においても、鬼室集斯のような破格の処遇を受けた者は現れていない。

鬼室集斯とともに、蒲生野にやってきた同胞の多くは、故国への尽きせぬ憧憬を忘れることなく、故郷に良く似た自然風土のこの地において生涯を終えたことであろう。

彼らの末裔は、蒲生野に定着するとともに、千三百年という長い歳月にわたって、秘かに偉大なる先人である鬼室集斯の墓を守り続け、祖先の移り住んだこの地をいつしか我が「ふるさと」として、蒲生野の自然と風土に一体化し、溶け込んでいった。

あるいは、人々が百済から携えてきたであろう「風土」が、長い歳月と幾多の人々との交流のなかで発酵し、醸成されることを通して、蒲生野の風土そのものが形成されたのではあるまいか。

明確な国境もなく、わずかな海峡を隔てて行き来することができた当時の朝鮮半島と我国の交流は、現代の我々が想像する以上に、身近なものであったに違いない。

蒲生野の風土に同化し、そこに培われ、残されてきたものに思いを馳せてみると、この地に生きた多くの渡来人の存在が鮮やかに甦ってくる。

なだらかな丘陵が広がり、そのなかを一筋の川が流れ、両側には田が拓かれて豊かな水を得た稲が育てられている。丘に点在する村の外れはいつしか里山へと続き、そこからは四季折々の野山の幸がもたらされる。そのなかに人は生まれ、働き、伴侶を得て子を成し、さらに働き、子を育て、やがて命を終えていく。風土と人との絶えざる関係が営々と繰り返されてきたのである。

私が育てられていた村も、小野からさほど離れていない蒲生野にあって、古くから「南比都佐《みなみひっさ》」とよばれていて、かつて天智天皇が新たな宮地を探そうとした『日本書記』の記録に載せられている郷の名前に由来するという。

地名の語源は定かではないが、日本語にしては珍しい読み方で、あるいは、このあたり一帯を開拓していったと伝わる百済からの渡来の民に因んだ地名ではなかろうか。

偶然とはいえ、蒲生野に暮らしてきた私自身の祖先たちも、あるいは、遠い昔にやってきた人々と、どこかでつながっているのかも知れない。

蒲生野の懐かしい風景の中に佇んで、その風土を全身で感じようとする私の心のなかに、強く共鳴するものがあった。

今もなお、鬼室神社では、年に一度、鬼室集斯を讃える祭りが営まれていて、近年では、かつての百済の都が置かれていた韓国の扶餘との交流も始められているという。

千数百年もの歳月を重ねてきた素朴な祭りそのもののなかに、この地へとやってきた多くの渡来人たちが、生きてそして土へと還っていった紛れもない事実が脈々と伝えられ、風土に溶け込んだ民族の血として尽きることなく受け継がれている。

狛の里

麓に集落があって、小高い峠の頂に観音堂が建てられている。峠を越えた向こう側は、周りを雑木林で包まれた、日当りの良いなだらかな丘が連なり、その中に幾つもの小さな棚田が拓かれていた。

農林業を主な営みとしていた村人たちは、春夏秋冬、毎日のように峠を越えた。人だけではなく、田の耕作に向かう牛や収穫された稲束、切り出した木材を運び出す荷車などが往来した。頂上近くの急勾配の坂道にさしかかると、誰もが難渋した。峠の向こうへと道が通じて数百年、幾多の生死とともに人々の営みは続けられてきた。

母を亡くした後、私は、母の故郷であったこの村で小学一年生までの数年間を過ごした。家からは観音堂のある峠を望むことができたが、幼い日の私の記憶には、峠の麓に深く大きな口を開けていた隧道《マンボ》の方が鮮やかに留まっている。

隧道に近づくことは、祖父母たちから堅く禁じられていた。禁じられればなおのこと、その中へと入ってみたい衝動にかられた。

ある日の昼下がり、禁を犯して隧道の中へと入り込んだ私は、ひんやりと湿った空気と壁面に響き渡る自分の足音に怯えながら、一歩ずつ歩みを運んだ。コンクリート造りの天井のところどころから浸みだした水が、水滴となって降ってきた。真ん中あたりに裸電球がひとつ吊り下げられていたが、そこを少し離れると暗闇に近い道が続いていた。

小さな歩幅を奥へと進めながら、「隧道には近づくなよ」と言われていたことが、深まる恐怖心とともに思い出された。「バシャッ」という音とともに、壁沿いに掘られていた水捌け側溝に足をとられた私は、悲鳴をあげていた。声は、幾度も反響し、立ちすくむ私を取り囲んで離そうとしなかった。闇の行く手に、遠く小さな出口が揺れていた。

日本列島をアジア大陸の極東ロシア側の上空から眺めると、湖のような日本海を挟んで、弓のような形状をしているという。日本列島は、はるばると太平洋を移動してきたプレートがユーラシア大陸へと潜り込む場所に形成された付加体(大陸に付け加えられた土地)で、プレートによって運ばれてきた異なる岩石によって構成されている。

滋賀県も、ジュラ紀付加体による石灰質で造られた伊吹山や霊仙岳、その後の火山活動で変成した花崗岩から成る比良山地や鈴鹿山脈、溶結凝灰岩から成る湖東平野、古琵琶湖に堆積した地層などに分かれている。

その真ん中に広がる琵琶湖は、三重県の柘植から甲賀にかけて造られた「佐山湖」に始まり、その後のプレート移動とともに、現在の位置となったのであるが、今もなお、年間三センチメートルずつ北へ動き続けている。

大陸の縁に形成された日本列島は、海面が後退する氷河期には大陸と地続きになり、象などの大型動物も移り住んできている。やがて間氷期となり海面が上昇し、人類が定着するようになると、交易や移住の目的で、朝鮮半島伝いにあるいは直接日本海に舟を漕ぎ出して、人々が日本列島へとやってきた。

五世紀後半から六世紀にかけての半島からの渡来伝説として、『古事記』の天之日矛や、『日本書紀』の天日槍の話がある。新羅の王子を主人公にしたこれらの伝承は、日本に渡来した人々を象徴するエピソードと考えられている。その足跡は、畿内から山陰地方にかけて残されており、近江においても、北近江の吾名邑や蒲生郡の鏡村が挙げられる。

同じく『日本書紀』の欽明天皇三十一年(五七〇)四月の条には、「高麗の使人」が、北陸地方に漂着したという記事がみられる。「高麗の使人」とは、「高句麗からの派遣使節」で、当時、朝鮮半島の付根部分に勢力をもっていた高句麗から、日本海を渡って北陸地方へと向かう航海ルートがあったことを窺わせる。

高句麗の使節は、北陸から琵琶湖岸もしくは湖上を通って、都のあった大和へと向かっているが、その行程の線上に、「狛」という地名を見出すことができる。「狛」は、「高麗」

に因む名前で、京都府の南端の南山城の加茂町には、「上狛」という地名がある。

近江の蒲生郡の東南部にも、この「狛」に通じる名を持つ集落がある。蒲生郡一帯は、『日本書記』にも記されているように、百済滅亡によって、鬼室集斯や余自信ら百済の官僚を初めとする七百人もの人々が、一族を挙げて我国へと渡ってきたところである。

蒲生野は、現在の東近江市から、蒲生町、日野町の広大な地域で、琵琶湖を前に、後ろには鈴鹿連峰という天然の要害の地にあり、百済が滅亡した当時の東アジア情勢からして、唐や新羅の脅威を強く意識したなかでの防衛上の適地であった。

大和から近江大津京へと遷都した天智天皇は、天智天皇九年二月、『日本書記』に「宮地を観はす」とあるように、小規模な都であった大津京から本格的な規模を持った新都造営を行うために、蒲生野の「匱迮野」を訪れている。

この二年前、西暦六六八年九月、内紛状態が続いていた高句麗は、唐によって滅ぼされている。百済と同じく、我国とも交流があった高句麗から、はるばる日本海を越えて我国へと渡ってきた人々があったとしても何ら不思議ではない。高句麗からやってきたこれらの人々も、集斯らの百済人と同様、近江朝廷によって蒲生野にも住まわされたのではあるまいか。百済からの渡来人の中には、筑紫の大野城などの朝鮮式山城の築城に携わった者がいたという記録が残されているが、高句麗からの人々にも、こうした土木技術集団が含まれていたのではなかろうか。唐や新羅との幾多の戦いを経験した高句麗からやってきた彼らは、防衛上の対策が特に必要であった蒲生野での都造営において、期待をもって迎えられたに違いない。

蒲生野への遷都の夢は、天智天皇の崩御によって水泡に帰したが、この地に配された高句麗からの渡来人の多くは、そのまま蒲生野に定着したと思われる。

「狛」という字が冠された地は、「高句麗」との関りを持った人々によって拓かれたと考えられている。蒲生野に移り住んだであろう「高句麗」からの渡来人たちは、忘れがたい望郷の念を抱きつつ、第二の故郷の地に、故国に通じる名前を残そうとしたのではなかろうか。

蒲生野にある「狛」の名を持つ集落では、千数百年に渡る歴史のなかで、わずかな耕地と周りを取り巻く山々と共存した営みが続けられてきた。長い歳月が過ぎ去るなかで、人々の記憶の中からは、祖先が「狛」に込めて残そうとした意味さえも消えて行った。

以下のことは、この集落での出来事ではあるが、それだけをもって、この地が「狛」に縁があるとは断言することはできない。しかしながら、歴史はまた、どこか深いところに真実を隠しながら、黙して流れていくものでもある。

出来事のひとつは、数十戸足らずの戸数しかないこの集落の人々の力を結集させて、観音堂の真下に、延長八十間（約百五十メートル）の本格的なコンクリート造の隧道を掘り抜き完成させたという事実である。時期を同じくして、観音堂の峠を越えて、奥の谷へと通じている小高い峠の下にも、二十間（約四十メートル）の隧道を通じさせている。さらには、集落内を流れていた河川の付け替え改修をも行ったという事績も残されているのである。

観音堂下の入り口には、昭和五年（一九三〇）竣工の文字が彫られている。当時の工事図面や施工記録等を伝える資料が残されているかについては、定かではないが、農閑期に村人だけの人力で成されたという言い伝えからすれば、少なくとも、大正末期から昭和初頭にかけてこの事業が行われたと思われる。

人々は、この峠道で難渋していた。この集落に生まれた村人たちは、幾世代に渡って峠道に阻まれ続けた。峠道を往来する苦労は、ここに生きる人々にとって宿命でもあった。しかし、何ゆえに村人が主体となって工事が発案され、村人の力だけで成就することができたのであろう。

村人だけで峠の真下を掘削して隧道を通そうという意思決定がなされるには、その実現のための何らかの土木技術を有していることが前提となる。一農村にすぎなかった集落の人々が、どのようにして習得したのであろうか。

ひとつの手がかりは、「亜炭」（岩木あるいはボクタンとも呼ばれる）に求められる。

私自身も、かつて、「亜炭」を満載した炭鉱のトラックが、砂埃を巻き上げて通り過ぎ、荷台からこぼれ落ちた「亜炭」を拾って持って帰り七輪で燃やそうとした経験がある。燃やすときに独特の臭いがするからと止められたが、戦後しばらくの間は、学校などの暖房用に使われていたという。

「亜炭」は、石炭の一種で、地質時代に砂に埋められたメタセコイアなどの植物が、木質組織を保ったまま炭化度の低い状態で掘り起こされたものである。

蒲生野の東南部一帯の地中には、この「亜炭」を含む古琵琶湖層が広がっていて、明治時代の半ばから試掘が行なわれ、日野町鎌掛などの数ヶ所に炭鉱が掘られた。

これらの炭鉱に近接したこの集落の人々の幾人かは、農閑期の収入源として、炭鉱労働に従事していたのである。地中深く坑道を掘り抜き、その先端で「亜炭」を採掘する労働は、過酷そのものであった。昭和の初期、坑道にレールを敷設し、「亜炭」を満載したトロッコを機械で巻き上げるようになるまでは、採掘された「亜炭」は、箱橇《はこそり》に積まれて人力で坑道を運び出されたという。昭和二十七年には、落盤事故による犠牲者も出るなど、炭鉱労働は命懸けであった。

こうした炭鉱労働を通じて村人が会得した坑道作りや掘削技術が蓄積され、村人挙げての原動力になったと考えられている。

隧道工事の現場にあって村人を指揮していた監督のひとりが、私の祖父であった。生前、祖父の牽くリアカーに乗せられて、山間の田んぼへと幾度も行き来したが、隧道工事のことを聞かされた記憶はない。寡黙な祖父の指揮のもと、村人たちは、祖先からの積年の夢であった大事業を成し遂げたのである。

この村での出来事を辿りながら、これに蒲生野を舞台とした渡来人の存在と、村人たちだけの力で隧道を完成させたという事実を照らし合わせてみると、人々が祖先から無意識のうちに受け継いできた土木技術集団としての「狛」の姿が浮かび上がってくる。

さらに、この村は、古く平安時代から比叡山延暦寺の寺領とされており、集落の中にあるお堂には、国の重要文化財に指定されている薬師如来、阿弥陀如来、増長天の三体の仏像が安置されている。これらの御仏は、村人たちが掘った二つの隧道を辿った先の通称「小岳」一帯に勢力を持っていた山岳寺院に祀られていたと伝えられている。

湖東や湖南の寺院には、渡来人の影響を受けたものが幾つかあるが、蒲生野あたりにも、これに類した寺院が開かれていたのである。寺院が廃れた後、これらの仏たちは、村人の手によって麓に運ばれ、秘仏として大切に守られてきた。

『類聚国史』によれば、桓武天皇は、天智天皇の業績にあやかろうと、平安時代初頭の延暦二十二年（八〇三）閏十月十六日から二十七日にかけて、蒲生野を訪れている。

このときの道筋は、都の平安京を出て、逢坂山を越え、東海道を経て、甲賀の水口あるいは土山から日野へと向かう「比都佐道《ひっさ》」を利用されたと伝えられている。天智天皇の系統であって、渡来系の高野新笠を母とする桓武天皇ゆえに、蒲生野への思いは強かったのではなかろうか。この時に、蒲生野の渡来人の故地の「狛」に開かれていた山岳寺院にも立ち寄られたのではあるまいか。

この地を故郷として幾世代の生命を受け継ぎ、重ねてきた多くの人々の末裔に連なるひとりとして、風土として残されている「狛」を尋ね求める自分探しの旅は、まだ始まったばかりである。

紫香楽

真冬の山間にある田圃の畔に佇みながら、思いを遥か天平時代へと馳せていた。

数十メートル四方に取り除かれた田の表土の下に、一抱えもある柱の跡が整然と連なり、そこに建てられていたであろう建物の平面の輪郭を描いていた。

かつて、この地に、奈良の平城京に設けられた朝堂を思わせる規模の建物があったとする事実を目の前にして、時空を超えた想像を巡らせていく。

現在、「信楽（しがらき）」と呼ばれている町の語源は、仏教用語にある「信楽（しんぎょう）＝教えを信じて願うこと。阿弥陀仏の本願を信じて疑わないこと。」に通じるのではなかろうか。

我国の六古窯のひとつである信楽焼の起源が、十三世紀から十四世紀初頭であることからすれば、当時隆盛となっていた浄土教の影響を受けていたとしてもおかしくはない。

さらに時代をさかのぼると、『続日本紀』の第十四巻、天平十四年（七四二）八月の聖武天皇の詔に、「甲賀郡紫香楽村に行幸せむとす」とあるように、「信楽」は、「紫香楽」という優雅な漢字で表わされている。

山間に小さな集落が散在するだけのこの地が、以前はどのように称されていたかは定かではないが、一説には、「スカ（州処）＋マキ（牧）」あるいは、転じて「シガマキ」と呼ばれていたとされる。「マキ（牧）」とは、大戸川の下流に拓かれていた（田上）牧郷のことである。

やがて、聖武天皇が、仏教の教えをもとにした鎮護国家を成すための「仏都」の建設をされるにあたり、このあたりの地を、「シガ（州処）＋アラ（新たな）＋キ（土地）＝「シガラキ」と呼称し、これに「紫雲たなびく、香り高き、楽土」という、言わば意図された好字（良い意味を持った文字や名前）が当てはめられて、「紫香楽」と言われるようになったという。

聖武天皇は、藤原氏の血が流れる最初の天皇で、母の藤原宮子は、藤原不比等の娘、光明皇后も同じく不比等の娘で、言わば母の妹にあたる。天皇には、藤原政権の庇護のもとでの磐石な日々が約束されていたはずであったが、天然痘による藤原武智麻呂ら四兄弟の死や橘諸兄ら反藤原勢力の台頭、さらには天平十二年（七四〇）九月の九州における藤原広嗣（宇合の子）の反乱など、混迷の世情に翻弄されていく。

元来から気丈な性格ではなかったこともあって、聖武天皇は、広嗣の乱の終息を待たずに、この年の十月二十九日、突如として「朕は思うところがあるので、今月末からしばらくの間、東国に行こうと思う」と勅して、平城京から出立する。

伊賀国から伊勢湾沿いに東上して、美濃国を経て不破関から近江国へと入り、十二月半ばにようやく新たな都建設の予定地となる山城国恭仁京に至る、二ヶ月間の気まぐれとも思われる巡幸であった。この旅においては、十一箇所もの頓宮（仮の宮殿）が造営されたとの記録が残されているが、そのうちの十二月十一日に泊まられたという禾津（粟津）の頓宮跡と推定される遺構が、平成十四年（二〇〇二）、大津市の膳所高校の敷地内で発見されている。

行程は、その約七十年前に、吉野を脱出した後、東国の兵力を結集して大友皇子らの近江朝廷と戦い勝利した曽祖父大海人皇子（後の天武天皇）が辿った足跡とほぼ重なっており、事あらば都の置かれていた畿内から一旦は東国に逃れて勢力を整えようとした当時の国情を知ることができる。

聖武天皇の行幸の直接の動機は、広嗣の乱にあったとしても、事態は終息に向かっており、天皇が東国に逃れるほど逼迫していたとは思われず、背景には、天皇を平城京から外に出すことによって、藤原氏の影響を削ごうとする橘諸兄らの思惑があったとも考えられている。

こうしたことに関連していたのか、近江国に入ったあたりで、諸兄は、山城国相楽郡恭仁郷での新たな都の造営の命を受けて彼の地へと先行している。諸兄自らが、聖武天皇に、平城京から恭仁京への遷都を進言していたのではあるまいか。

恭仁京の造営は、天平十二年十二月に始められたが、天平十四年二月には、この地の北方にあった甲賀郡紫香楽までの「恭仁京東北道」が拓かれ、同年八月には、聖武天皇が紫香楽へ行幸され、併せて「造離宮司」が任命される。これによって「紫香楽」の造営が始められたのである。

恭仁京が造営されている途中での紫香楽離宮造営については、中国での都長安に対する洛陽のような陪都(副都)に倣ったなどの説もあるが、有力なものとしては、その前年の二月に出された、鎮護国家をめざした全国各地への国分寺創建の詔と、その中心である国分総寺を置く「仏都」の構想であったと考えられる。

紫香楽の地への聖武天皇の行幸は五回あり、このうち四ヶ月もの長期滞在をされていた天平十五年十月十五日には、「仏法僧三宝威力ある徳で、天地が和順して、永遠のめぐみをおさめて、動植物すべてが繁栄することを望んで、菩薩の大願をおこして盧舎那仏金銅像を造立する……一枝の草やひとすくいの土を運んで造像事業に協力しようと情願うものがいたら自由に参加させよう……」という有名な「大仏造立発願の詔勅」が出されている。

続いて翌日には、東海、東山、北陸三道の二十五国の税物（庸・調）を紫香楽に運ぶようにとの詔がなされ、十月末には大仏建立のための甲賀寺の敷地が拓かれている。さらにはこの年の十二月、突然として恭仁京造営が止められ、翌天平十六年二月には難波宮が国都と定められる。こうしたなかでも、紫香楽での大仏造立工事は続けられ、十一月十三日には、甲賀寺において大仏の骨組（体骨柱）が組み上げられ、聖武天皇も臨席されて完成のための柱縄を引かれている。

十二月初めには体骨柱の完成を祝して、朱雀大路において、一万個もの燃燈供養が盛大に執り行われている。聖武天皇が理想と描かれた仏の都「紫香楽」での大仏完成は現実のものになろうとしていた。

天平十七年の元日、都が未完成であったために朝賀の式典は行われなかったが、宮の門前に「大楯と槍」（遷都を示す物）が立てられ、『続日本紀』に「新京」の文字が見られるように、紫香楽宮は、「仏都」としてだけではなく事実上の国都となった。

しかしながら、聖武天皇の理想に適った、山々に囲まれた静寂の地「紫香楽」での荘厳な楽土の夢は、首都となった時点から、その崩壊の道へと歩み出そうとしていた。

当時、政治への大きな影響力を持っていたのは、反藤原方の橘諸兄と、藤原仲麻呂（藤原武智麻呂の次男で、後の太政大臣の恵美押勝）であった。

恭仁京造営は、奈良の平城京を中心としていた藤原氏の勢力を除こうと、山城や甲賀の高句麗系や百済系の氏族を勢力背景とする橘諸兄が画策し、その離宮とされた紫香楽宮造営に関しても賛同していたと考えられる。

恭仁京造営が中止となり、難波宮（元正太上天皇が住まいされていた）へ遷都され、やがて紫香楽宮が事実上の国都と見なされるに至って、恭仁京建設を推進していた橘諸兄らの不満だけではなく、平城京への還都を目論んでいた藤原一族や官営寺院、ひいては民衆をも巻き込んで、世情は再び混沌とした様相を呈していった。

紫香楽宮が新京となった年の四月から、甲賀寺、宮周辺の山々では、次々に不審火による山火事が発生し、五月に入ると地震が頻発するようになる。

五月二日には、官人に対して、都をどこに移すべきかとの問いかけがなされたが、異口同音に「平城京」にとの声が上げられたという。同月五日、聖武天皇は、紫香楽宮を立ち退かれ、十一日に平城京へ戻られる。藤原一族の念願であった平城京還都は、藤原氏の出身であった光明皇后の力添えによって実現したと考えられている。

こうして五年に及ぶ聖武天皇の彷徨はようやく終わりとなり、紫香楽宮での大仏造立は夢となって消えてしまうかに思われた。

しかし、大仏造立事業は、断たれることなく、聖武天皇が平城京に戻られた八月末には、早くも若草山の麓の山金里において大仏のための敷地造りが始められている。

光明皇后は、聖武天皇に、平城京に戻られる第一の条件として、大仏事業の継続を挙げられていたのではなかろうか。

この地での大仏造立は、大僧正となっていた行基（民衆集団を率いて畿内の治水や土木事業を行なっていた僧で、橘諸兄の知遇を得て、紫香楽での大仏造立に関わっていた）と、良弁（近江の渡来系氏族の出身といわれ、金鐘寺や東大寺を建立）の献策によるとされる。

紫香楽宮で造られていた大仏の骨組は解体され、大戸川から瀬田川、宇治川を経て、木津川との合流点からさかのぼって、木津（名の通り、木が集まる地）から陸路を奈良へと運ばれた。当時、甲賀や田上の山には、良質の檜や杉が生育しており、平城京造営に際しても、木材を切り出す役所である「杣」が設けられている。東大寺の建立においても、このあたりの用材を調達するために、石山寺（良弁の開基とされる）付近に、「造東大寺司」が置かれたとの記録が残されている。

天平勝宝四年（七五二）、国家的事業の大仏（盧舎那仏）が完成し、四月九日、聖武太上天皇、光明皇太后、孝謙天皇と、文武百官や一万人の僧侶が臨席するなか、インド僧菩提僊《ぼだいせん》那《な》によって、大仏開眼が行なわれている。太上天皇をはじめ居並ぶ人々は、大仏に瞳を入れる筆に結ばれた開眼縷《る》（群青色の麻の紐）を手にしながら、大仏開眼の喜びと感涙に浸っていたに違いない。

天平十五年の紫香楽での「大仏造立発願の詔勅」から九年もの長い歳月を経て、ここに大仏は完成をみたのである。

発願当初から大仏開眼の導師として、唐からの来日を懇願されていた鑑真が、十二年間に六度もの苦難の渡航を試みてようやく我国に上陸したのは、この二年後であった。

初めて大仏が造られて千三百年近く、現在もその地に大仏は鎮座する。幾度もの再建はあったが、台座の大蓮弁には、創建時に線刻された御仏の姿が今も残されていて、「天地が和順して、永遠のめぐみをおさめて、動植物すべてが繁栄することを望んで……」との聖武天皇の願いが成就されることを待ち望みながら、あまねく四方を照らす「華厳経」の世界へと誘ってくれている。

大仏殿から辿って小高い場所にある二月堂は、修二会（お水取り）で有名であるが、隣の三月堂（法華堂）とのあいだの裏山には、見過ごしてしまうほどに、ひっそりと「飯道神社」が鎮まっている。この神社の本宮は、紫香楽宮跡の北方に聳えている飯道山の頂にあって、役小角の開基である。大仏殿を見守る地に、紫香楽宮ゆかりの神社が勧請されているというのも、偶然とはいえない不思議な縁のように思われる。

平成十九年（二〇〇七）十一月十二日、「第二十七回全国豊かな海づくり大会」のために滋賀県にお越しになっていた天皇、皇后両陛下の信楽への行幸啓が行われた。

当日は、あいにくの雨模様の寒い日となったが、かつて紫香楽宮があった宮町遺跡の発掘現場に赴かれた両陛下は、作業員に、「お寒くはないですか」とのねぎらいの言葉をおかけになったという。

飯道山をはじめとする山々に包まれながら、遥か遠い昔、大仏造立を夢見られた聖武天皇が宮地として選ばれた「紫香楽」の地に佇まれたお二人、いったいどのような印象を持たれたことであろう。

義仲寺の風

卓越した音楽・映像プロデューサーであり、作曲家、歌手、カメラマン、さらには、小説『尋ね人の時間』による芥川賞受賞など、数々の肩書きを持つマルチ人間の、「マン」さんこと新井満さんと私の大津での出会いのキーワードは、「芭蕉のお墓」であった。

片雲漂泊の思いを絶えず胸に抱いて、俳諧と旅に生きた松尾芭蕉は、元禄七年（一六九四）十月十二日、大阪南御堂前の花屋の貸座敷での終焉を迎えるに際して、「骸は木曽塚（義仲寺）に送るべし……」と、大津から枕元に駆けつけていた門人の乙州に遺言した。

芭蕉は、義仲寺境内にあった「無名庵」を定宿に、大津に九回の滞在を繰り返しており、膳所在住の水田正秀に宛てた手紙には、「偏《ひとえ》に偏に、貴境（膳所）旧里のごとくにて存ぜられ候……」と書き残している。

芭蕉にとって大津膳所の地は、生まれ故郷の伊賀上野に対して、俳諧と旅の人生の果てに選び取った真の意味での「ふるさと」となっていたのである。大津において芭蕉が詠んだ俳句が、八十九句の多くに及んでいる事実からも、大津への芭蕉の深い愛着を窺い知ることができよう。

なかでも秀逸とされているのが、

行く春を近江の人と惜しみける

である。

この句の解釈に関しては、弟子からの問いかけが多くなされたが、『去来抄』の記述によれば、芭蕉は、大津の門人であった江差尚白の問いに、「丹波の人」といった他の場所の名ではなく、敢えて「近江の人」とし、さらに「行く歳」などとせずに、「行く春」としたところに本意があると語ったという。

琵琶湖の湖上から立ち上がる潤いに満ちた大気とともに、万葉集の古来から醸成されてきた近江における風雅の風土そのものが、大津の地での門人たちとの心温まる交流を通して芭蕉に伝わり、ついには墓所の地として求めるまでになっていたに違いない。

平成十六年（二〇〇四）の三月三日（雛祭り）の午後、義仲寺に近いびわ湖ホールにおいて、「第二十回・平和の日」の集いが開かれた。この集いは、日本ペンクラブと都道府県や市との共催により、全国で順次行われてきた。

その前日、日本ペンクラブの事務局のスタッフを大津駅に出迎えた私は、宿舎の琵琶湖ホテルに向かうバスの中で、天智天皇ゆかりの大津京や松尾芭蕉の墓が市内膳所の義仲寺にあることなどを話した。

「明日の午前中、芭蕉のお墓に行ってみたいのですが、案内してくれませんか」、ホテルでのレセプション後の歓談中、突然、「マン」さんが、私に語りかけてきた。

さらに、「この街のどこかにカメラを売っている店はありませんかね。そこそこ写るやつがあればいいいんですが……」と、矢継ぎ早に尋ねられる。

「このあたりの店は、夕方に閉まるのが早いですから、今からでは無理でしょうね。もしよろしければ、明日、私のカメラを持ってきます。今はやりのデジカメではなく、一眼レフでよければですが……」

という次第で、集いが開かれる当日の午前中に時間を見つけて、持参したカメラを携え、「マン」さんを案内して義仲寺へと向かった。

早春の寒さを残している境内に入り、芭蕉の墓がこの寺にある所以や、『平家物語』に載せられている、粟津原での「木曽殿最期」の場面などを説明する。それを聞きながらも、さっそくプロのカメラマンとなってファインダーを覗き、アングルを定めて、盛んにシャッターをきっている。その一方、私のカメラを、「なかなか使いやすい。これはいい写真が撮れるぞ」と、しっかり褒めることも忘れてはいない。

芭蕉の真筆を刻んだとされる「行く春を……」の句碑に、「マン」さんは、受付で買ったばかりの、芭蕉の姿とこの句が染め抜かれた手ぬぐいをさらりとかけた。それを写真に撮ろうとしたとき、晴れ渡っていた早春の空からやってきた一陣の風が、手ぬぐいの端を何かを語るかのようにかすかに揺らした。

撮影の合間に、境内の翁堂の前にある小さな池に棲んでいる亀が、兵庫県播磨の千種川から移された石亀であるというエピソードを、義仲寺・無名庵の当代庵主である作家の伊藤桂一氏が、随筆に書かれていたことを話してみた。

「奇遇ですね。伊藤さんはよく存じていますよ。ペンクラブの大先輩ですからね。そうですか。ここの亀の由来をね」と、懐かしげな表情で亀の潜んでいる池を覗き込んだ。

境内の句碑やお堂をひととおり撮り終えると、「マン」さんは、もう一度、「芭蕉翁」と刻まれた自然石の墓前に佇み、しばらく瞑目してから、帽子をとって深々と頭を垂れた。

目下、「お墓参りは楽しい」というテーマで、世界各地の有名人のお墓を訪ねては、グラビア・エッセイとして月刊誌に連載中であるという。

「平和の日」の集いは、日本ペンクラブの提唱で始められ、一九八五年からは、毎年三月三日に世界各地のペンクラブにおいて、「一つの世界に生きる一つの人類の恒久平和」を願う催しとなって定着しており、唯一の被爆国である我国のペンクラブから全世界へと発信された「恒久平和」実現へのアピールなのである。

日本ペンクラブの創立は、戦前の一九三五年で、初代の会長は、島崎藤村である。藤村は、若い時期に大津の石山寺の茶丈である密蔵院に滞在していたことがあり、幻住庵跡を訪れるなど芭蕉との関わりにも深い由縁がある。

国際的な組織であるペンクラブは、四つからなる崇高な憲章を掲げているが、なかでも「人種間、階級間、国家間の憎しみを取り除くことに、そして、ひとつの世界に生きる一つの人類という理想を守ることに、最善の努力を誓う」という内容は、幾多の戦争を経験してきた現在においても、未だに成し得ていない大きな課題である。

飽くなき権力や戦争、そしてそれに巻き込まれざるを得ない多くの力なき人々の嘆きや悲しみは、人類がこの地上に存在する限り、いつまでも消し去ることができないものなのであろうか。

この年の「平和の日」の集いは、おりから、イラク戦争後の復興支援という大義名分のもとに、自衛隊の本格的な海外派遣が行われ、我が国民にとっては、半ば風化しかけていた「平和」という言葉の持つ意味が、他人事としてではなく、改めて問い直されようとしているなかで開催されたのである。

「平和」という言葉で表される概念は、国家体制、民族、宗教など、それぞれの人々がおかれている状況によって大きく異なる。しかしながら、個々人の認識における「平和」とは、「戦争や紛争がなく、穏やかで自分の生命や存在が、むやみに脅かされる心配がない状況」と言えるのではなかろうか。

住んでいる国や地域が平穏であればこそ、「平和の日」の集いを開くことができるのである。こうしたことから、世界各地で、ともに「平和の日」の集いを開くことができるようになれることを念じて、この日が決められたのである。

第二十回の「平和の日」の、メインテーマは、「平和の日に思ういのち、万葉、こども、水」で、立松和平氏をはじめとする著名な作家たちによる四組の対談が行われ、熱い討論が繰り広げられた。

対談の幕間に、歌手となってステージの中央に登場した「マン」さんは、英語の原詩を訳した自由詩に自らが曲をつけた『千の風になって』を高らかに熱唱した。

私のお墓の前で　泣かないでください
そこに私はいません　眠ってなんかいません
千の風に　千の風になって

あの大きな空を　吹きわたっています
秋には光になって　畑にふりそそぐ
冬にはダイヤのように　きらめく雪になる
朝は鳥になって　あなたを目覚めさせる
夜は星になって　あなたを見守る……

この詩は、誰しも避けることのできない「死」という別離にあって、残された者に対して、「大空の風となって、いつもあなたとともにいる」という、死者から生者へ語りかける慰めのメッセージのかたちをとっている。

詩の原作者はさだかではないが、かつては、マリリン・モンローの追悼式の席上において読まれたと伝えられ、最近では、同時多発テロの一周年の追悼集会で、貿易センタービルの高層階にあったレストランのシェフだった父親を亡くした十一歳のブリッタニーさんによって、同センタービルの跡地（いわゆるゼロ地点）で朗読されている。

イラク戦争を例にするまでもなく、戦争は、兵士だけにとどまらず、いたいけない子どもや老人たちをもその中に巻き込んでしまう。日常茶飯事の出来事として、有無を言わさずに尊いはずの人命が藻屑のごとく失われ、その結果として、憎しみと怒り、報復の連鎖だけが尽きることなく繰り返されていく。

わずか半世紀前には、戦争の当事者であった我国も、復興というその後の経済成長の中で、子々孫々に伝えるべき「戦争放棄」という言葉さえも、失いかけようとしている。

「平和の日」のびわ湖ホールのステージから放たれた『千の風になって』の歌は、世界中から、悲惨な戦争が無くなってほしいという切なる願いとともに、満員の観衆の心の中へと呼びかけながら響きわたった。

集いが終わって後、「マン」さんは、私の持っていた『千の風になって』の詩集に、記念のサインを残してくれた。墨で、「再生」と書かれた、やや横長の文字は、どこか飄々としていて、「マン」さんの人柄そのものを表しているようであった。

「平和の日」の集いから二ヶ月あまりの五月初め、「マン」さんから電話があり、数日後、ある月刊誌が届けられた。

「お墓参りは楽しい」というコーナーには、三月に訪れた義仲寺の芭蕉の墓が取り上げられ、あの日「マン」さんが、私のカメラで写した数枚の写真とともに、エッセイが載せられていた。その文中には、案内人としての私の名前まで登場していたのである。

ページの冒頭を飾っている大判の写真は、「行く春を……」の句碑にかけられた芭蕉の姿が染め抜かれた手ぬぐいであった。買い求めたばかりの手ぬぐいを広げて、子どものような表情でさらりと碑にかぶせてから、厳しい目でファインダーを覗き込んでいた「マン」さんの様子が、鮮やかに思い起こされた。

かつて、芭蕉は、「風羅坊」とも称していたという。もしかしたら、あのとき手ぬぐいを揺らせていた春風は、「風羅坊」芭蕉から届けられた「千の風」だったのかも知れない。

そのせいかどうか、「マン」さんが手がけた写真詩集『千の風になって』は、その後ひそかなベストセラーとなり、『千の風になって』の歌は、全国各地で歌われるようになるなど、今もなお多くの人々の心を癒し続けてくれている。

山路来て

松尾芭蕉の墓は、滋賀県大津市膳所の義仲寺境内にある。江戸時代、このあたりは、琵琶湖の岸辺で、寄せ返す波音が聞こえていたという。

義仲寺は、『平家物語』の「木曽殿最期」の地である粟津原に因んで、源氏の武将木曽義仲の供養塔が建てられたことに由来する。

芭蕉が憧れた義仲の供養塔の傍らにある、「芭蕉翁」と三文字だけが刻まれた簡素な自然石の墓前には、今もなお、訪れた人々が香華を手向けている。

元禄七年十月十二日の午後四時頃、芭蕉は、大坂の南御堂近くの花屋仁右衛門の貸座敷で臨終を迎える。その一両日前、枕元に控えていた大津の門人の乙州に、

「骸は木曽塚（義仲寺）に送るべし、ここは東西の巷、さざ波きよき渚なれば、生前の契深かりし所なり。懐しき友達の訪ねよらんも便わづらはしからじ……」（路通『芭蕉翁行状記』）と、言い遺している。

この遺言によって、大津の地は、片雲漂泊の旅に生きた松尾芭蕉が、自らの意思として

選び取った永遠の「故郷」となったのである。

芭蕉が、大津に初めて滞在したのは、貞享二年(一六八五)三月中旬で、前年の八月に門人の千里を伴って江戸を出立した『野ざらし紀行』の旅の途中であった。

このおり、芭蕉は、京都の鳴瀧にあった三井秋風の別荘から山越えをして大津にやって来たとされている。

その道すがら発想を得て作られたのが、

山路来て何やらゆかし菫草

の句である。(当初は、「何とはなしに何やらゆかし菫草」であったが、江戸に戻ってから、幾度もの推敲を重ねて完成をみている。)

芭蕉の親友であった山口素堂は、『野ざらし紀行』の序文で、この句が、「道のべの木槿は馬に喰はれけり」とともに、秀逸であると評している。

『野ざらし紀行』に載せられているこの俳句の前書きに、「大津に至る道、山路を越えて」とあるが、京都から大津に至る幾つかの峠道のうち、芭蕉が千里とともに越えた山路とは、果たしてどこであったのであろうか。

当時、京都と大津を結んでいた主な峠道には、北から途中越（龍華越）、仰木越、黒谷越（八瀬越）、白鳥越、山中越（志賀の山越）、小関越、逢坂越などがあった。古くは平安時代から、京の都での政争に敗れた者たちが東国へと落延びるため、あるいは都へと物資を運ぶためにと、それぞれの峠には、人や物が往来した歴史が秘められている。

通説によれば、芭蕉は、京都から小関越を経て大津に至ったとされており、小関天満宮には、「山路来て……」の句碑も建立されている。

小関越は、東海道の要衝であった逢坂峠の間道として利用され、往来する人々も見られたが、道中のほとんどが山中のため、琵琶湖を眺望することは不可能であった。

当時の大津には、未だ芭蕉の弟子はおらず、この滞在中に、千那（堅田の真宗本福寺第十一世住職）、尚白、青亜の三人の入門が許されている。

大津に来る直前の二月末、芭蕉と千里は、京都の鳴瀧にあった三井秋風の別荘を訪ねて、その地で半月ほど滞在している。

京都の西北にある清瀧から小関越に向かうには、京都の街中を東南へと過ぎり、難所であった日ノ岡峠を越えて山科へと出なければならない。

主な街道のうち、清瀧から琵琶湖畔への最短となる峠は「白鳥越」で、京都の修学院・曼殊院付近から、比叡山の無動寺の南に位置する白鳥山、壷笠山を経て、大津の穴太を結んでいる。

峠の名となっている「白鳥」の字は、南北朝時代の内乱を題材にした『太平記』のなかに、足利尊氏軍が、比叡山に立て籠もっていた後醍醐天皇軍と戦った地名として記されている。

芭蕉が、「白鳥越」で大津に入ったと推察するうえで幾つかのヒントがある。

そのひとつは、「何やらゆかし菫草」で、「ひっそりと、無心に清純な花を咲かせている菫草に、理由もなく心が惹きつけられてしまう」という意味であるが、この菫草の種類についてである。小関越であれば、咲いていたのは、おそらく「立ちつぼすみれ」であったろう。これに対して、白鳥越とすれば、「叡山すみれ」の名が思い浮かぶ。この菫草は、叡山の名が冠せられているように、比叡山に数多く自生し、特徴的な切り込みの深い葉と、可憐な花を付けることからすれば、芭蕉の詠んだ「何やらゆかし」の句の題材として最も適うものである。

続いては、「山路来て……」の次に置かれている句に注目してみる。

辛崎の松は花より朧にて

この句の前書きには、「湖水の眺望」と記されている。眺望とは、「遠くを見渡した眺め」の意味で、通常は高い場所からの眺めとされている。「白鳥越」の途中にある白鳥山付近からは、湖水（琵琶湖）が眺望できる場所があり、しかも句に織り込まれている名勝「辛崎（唐崎）の松」は、峠を下った穴太の在所の隣の地にある。

さらに付け加えるならば、「山路来て…」は、「熱田の白鳥山」で想を得たとの説がある。この「熱田」を「大津」と置き換えてみると、「大津の白鳥山」となり、あたかも芭蕉が「白鳥越」を辿って、大津に至ったという事実を暗示しているように思われてならない。

『燃ゆる甲賀』 ～徳永史観との出会い～

鈴鹿山系に源を発する野洲川の中流域、水口町（現甲賀市）と甲西町（現湖南市）の接するあたりが、かつての東海道の「横田の渡し」である。右岸の水口側には、石造りの大きな常夜灯が往時を偲ばせている。その対岸のJR三雲駅の裏手にある小高い伝芳山の頂には、高さ十メートル余の石造碑が建てられている。明治三十一年（一八九八）五月、有志によって建立された碑には、水口生まれで、明治の三筆とされた書家、巌谷一六の筆になる「天保義民之碑」の肉太の文字が刻まれている。

碑は、眼下の横田の川原を見下ろす場所にあって、川原の中ほどには、「白岩」と呼ばれている巨石が鎮まっている。

今を去る百六十年前の天保時代の秋の宵、この「白岩」の周辺は、甲賀郡内の村々から集まり、竹やりや鎌、鍬などとともに無数の筵旗を押し立てた二万人もの農民たちで埋め尽くされていた。夜が明けると、群衆は、野洲川に沿って随所でその数を増やしながら、近江富士と呼ばれていた三上山の麓にあった陣屋をめざした。世に言う「近江天保一揆」

である。

水口町に生まれ育った私が、伝芳山を初めて訪れたのは、小学四年生の遠足のときであった。担任の先生が、碑の由来を説明される中で、何度か繰り返された「義民」ということばの持つ重い響きは、大人になってからでも、このあたりを通りかかるたびに湧き上がるように私の心に甦った。

今でも、水口町の実家に帰る途中で、野洲川に架かっている国道一号線の横田橋を車で渡るが、右手の伝芳山に見える石碑と川原の「白岩」に引き寄せられていくような不思議な気持ちになることがある。

徳永真一郎氏と「天保義民」との関わりを知ったのは、一冊の著書からであった。残念ながら生前、直接お話をお聞きする機会には恵まれなかったが、毎日新聞社に勤務される傍ら執筆された歴史小説との出会いは、私に強烈な読後感を残していた。『燃ゆる甲賀』と題されたこの作品は、江戸時代の天保十三年(一八四二)十月、甲賀、野洲、栗太三郡の約三百村、総勢四万人にも及ぶ農民一揆の顛末が、綿密な取材と確かな筆致で生き生きと描かれている。

江戸時代を通して、全国的には数多くの農民一揆が起こっているが、その原因の多くは、飢饉などに際して農民を直接支配していた藩や代官などによる苛斂誅求への反抗という形態をとっていた。

しかしながら、「近江・三上山騒擾」とも呼ばれる農民一揆は、江戸幕府にあって、天保の改革を断行していた老中首座水野忠邦の方針のもとに派遣された、勘定吟味役市野茂三郎の理不尽な検地に対する反対闘争として引き起こされた。直接かつ明らかに幕府の政治体制そのものに対する集団的な抗議行動として展開された農民一揆として、稀有なものであったといえよう。

さらに特筆すべきは、本来は幕府の支配体制を支えてきた各村の庄屋たちが、一揆の首謀者として自らの一命を捧げる決死の覚悟のもとに農民を団結させ、わずか三日間のうちに検地役人の市野自身と談判し、「検地日延べ十万日」という書状を取り付けて、検地を止めさせた事実である。

しかし、事態はこれで収まったのではなく、当然の代償として、禁じられていた一揆を扇動した罪状により、庄屋たち八十余名が次々と捕われの身となった。

大津代官所での情け容赦ない過酷な取調べに対しても、首謀者の筆頭であった野洲郡三上村庄屋の土川平兵衛や甲賀郡市原村の田島治兵衛らは、頑として一揆の内容を自白することなく、ついには、囚人護送用の唐丸籠に入れられて江戸送りとなる。

江戸まで無事に到着できた平兵衛ら八人は、取調べに対して、市野茂三郎の検地の状況と一揆に及んだ理由を、理路整然と述べたと伝えられているが、この後、八人は、次々と子伝馬町の牢屋内で亡くなってしまう。生命のあらん限りを尽くし、江戸まで送られた末の悲惨な最期であったが、彼らの訴えが契機となって、近江での検地は取り止めとなる。

この事件が遠因となって、天保の改革は挫折し、水野忠邦の失脚を招いたとも考えられている。

悲壮な決意で、一揆を導いた土川平兵衛の辞世が残されている。

人のため身は罪咎に近江路を別れて急ぐ死出の旅立ち

今もなお、「天保義民」として語り継がれている一揆の首謀者たちは、平穏な世であれば農村を治める庄屋として、経済的にも恵まれた生涯を終えたに違いない人々であった。

江戸時代には、米の収量を表わす「石高」が社会経済の根本とされ、こうした体制を支えていたのは農民であった。「士農工商」と、見かけは武士に継ぐ高い身分とされながらも、その実態は、「百姓は生かさず、殺さず」と言われたように、米を作りながらも、その米を食べることさえままならない状況にあった。近江においても、農民の窮状は例外ではなく、甲賀郡においては、七公三民といった厳しいものであった。

農民たちが、生きるか死ぬかの極限に置かれたとき、些細なことが引き金となって、全国各地で規模の大小に関わらず一揆が起こされていた。しかしながら、近江での一揆は、本来ならば支配体制側であった庄屋を主軸とする農民集団として組織され、幕府の施策そのものへの抗議行動を展開し、結果として不当な検地の取り止めを勝ち取るという目的を成し遂げたのである。この点において、飢饉などに伴って偶発的に起きた各地の農民一揆とは明らかに性格が異なるものとなった。

なぜ、組織化された農民一揆が、甲賀、野洲、栗太の三郡の地で、速やかに引き起こされたのか。しかも、体制側とされたはずの多くの庄屋たちが、自らが首謀者となって農民を率いたのはなぜなのか。その当時、一揆は、幕府への反逆であり、必然の「死」がもたらされることを十分に知っていながら、彼らが敢えてそうした選択をしたのはなぜなのか。『燃ゆる甲賀』を読んだ後も、私の心の内には、解けないままの疑問が残されていた。

改めてこのことについて思いを巡らせているうちに、一揆が成し遂げられた背景には、二つの重要なキーワードが潜在していたのではないかと考えるようになった。

第一番目のキーワードは、なぜ組織化された一揆が整然かつ速やかに成し得たかである。

確かに一揆そのものは、甲賀郡をはじめとする三郡の庄屋たちによって企てられたが、事件後に処罰された人数の大半は、甲賀郡の者たちであった。このことは、甲賀の地が、集団の統率力や組織力に優れていたという歴史的背景が関係しているように思われる。

これについては、甲賀の地域性やそこに住んでいた人々の行動性を検証する必要がある。甲賀の地は、鈴鹿連山を後ろに置いて、琵琶湖へと流れる野洲川の方向以外の三方は、すべて山で遮られ、古来より攻めるに難く守るに易い地形にある。しかも都のあった京都からは、さほどの日数を経ずして到達できる地で、この地の利ゆえに、甲賀の地は、中世の保元の乱、平治の乱以来、数百年にわたって、幾多の武将や公家の避難地とされてきた。都での権力闘争に敗れた者たちは、一旦、甲賀の地に落ち延び、この地を拠点にして、再起をめざそうとした。

こうした事態に度々直面していた甲賀の人々は、相互の連絡を密にし、一致団結して敵に備えるという防御方法を会得し、それとともに、都よりもたらされる政治等の情報を互いに共有するようになっていったと考えられる。いわば、自らが生き抜くために必要な知恵が、甲賀の風土として蓄積されていったのであろう。

一致団結するという具体的なかたちとしては、甲賀の各地の要所に点在した土豪集団である「甲賀五十三家」が挙げられる。これら甲賀武士たちは、同族あるいはそれに類した者たちで構成され、平時においては互いを侵すことなく、戦時においては互いに連携して、甲賀に侵攻しようとする敵に向かって集団自衛的に抵抗した。こうしたことに迅速に対応できるよう、常に情報を共有する手段が整えられ、情報をいかにすばやく手にいれるかに関しても高度な手段を有していたと考えられている。甲賀忍者と称される闇の集団もこうしたなかから生まれていった。

やがて江戸時代となって、甲賀の地からも戦さが無くなるとともに、「甲賀五十三家」を中心とした連帯感も希薄になり、彼らの多くは、父祖伝来の地において、庄屋などに変わっていった。

しかし、たとえそのようになったとしても、数百年もの間、甲賀の地において培われてきた、村々が連携して外敵に備えるという精神風土は、人々のうちに綿々と引き継がれていたのではあるまいか。

こうした観点から、先の農民一揆を検証してみると、甲賀郡の大半の村々が一致団結して蜂起し、やがては四万人もの農民が、迅速果敢な行動によって、幕府の派遣した検地役人から「検地日延べ十万日」の証文を取り付けたというのは、単なる偶然の出来事とはいえなくなる。すなわち、甲賀の地に培われ醸成されてきた精神風土そのものが原動力となって人々を結集させ、幕府という、当時の絶対的権力に対して、真っ向から立ち向かい、多くの庄屋が生命を失うという尊い代償を払いながらも、その後の検地は取り止めになるという勝利をもたらしたといえる。

第二番目のキーワードは、なぜ庄屋たちが、一揆騒動の責任者として、「死」をも辞さずに、自らが首謀者となったのかである。

このことについては、江戸時代の初期に、甲賀から遠く琵琶湖を隔てた湖西にあった安曇川の小川村において、「近江聖人」と称された中江藤樹によって主唱された「陽明学」と、甲賀在住の庄屋たちとの思想的な関連が挙げられる。

中国からもたらされ、江戸時代の我国の思想体系に大きな影響を与えたものに、「朱子学」と「陽明学」がある。

このうち、「朱子学」は、「人の道徳規範は天地の法則に基づいていて、それは現実にある人倫秩序に反映されている」と説き、林羅山に代表される君臣上下の身分秩序を絶対視する名分論のもと、封建制度を支える江戸幕府の官学とされていた。

これに対して、「陽明学」は、「人には先天的に善悪を判断する良知が備わっていて、良知に従って行動することによって初めて真の知が獲得できる」という、『知行合一』を説き、こうした思想は、中江藤樹が唱導し、熊沢番山らに受け継がれている。

中江藤樹は、その著作である『翁問答』において、「万民はことごとく天地の子なれば、我も人も人間のかたちあるほどのものは、みな兄弟なり……」と述べており、君主も家来も社会の役割のちがいにすぎないという人間の平等性を重視した思想を展開している。

観念的な体制理論としての「朱子学」とは対照的に、実践行動的な「陽明学」は、在野の学者や庶民に多くの賛同者を得たが、幕府はこれを異端の学問として圧迫した。「陽明学」に基づく実践行動とされるのが、天保八年(一八三七)二月に大阪で、引き起こされた大塩平八郎(中斎)の乱である。

大塩の乱は、直ちに鎮圧されたが、この事件から数年を経て近江で起こった農民一揆の首謀者となった庄屋たちの多くも、「陽明学」を学んでいたとされる。農民が生き残るために、敢えて一揆を起こさざるを得なかった彼らの精神的な支えとなっていたのが、中江藤樹が説いた『知行合一』であったとすれば、「朱子学」を背景にした幕府による理不尽な検地に対して、庄屋たちは、「陽明学」による良知に従った当然の行動として、躊躇なく立ち上がり、自らの生命を代償にした実践行動を貫徹したと考えることができよう。

近江南部での農民一揆をめぐる二つのキーワードに関しては、徳永真一郎氏の『燃ゆる甲賀』のなかで、具体的に述べられたものではない。

しかしながら、ひとりの読者として、『燃ゆる甲賀』の底流に脈々と流れている「徳永史観」を汲み取ろうとする試みるとき、史実に基づいて構成された物語の随所に、巧みに散りばめられている「甲賀の風土」と「陽明学」という歴史舞台における背景が、鮮明な姿となって浮かび上がってくる。

幻　影　～大津事件～

滋賀県大津市は、琵琶湖の南西部の長い湖岸線に沿った街で、「近つ淡海」と古くから親しまれてきた豊穣な湖と、背後に連なる長等や比叡、比良の緑成す山並みとがほどよく調和した穏やかな風光を保っている。

かつて天智天皇の大津京が造営されたのをはじめ、比叡山延暦寺や園城寺（三井寺）などの有名な社寺仏閣も多い。全国有数の国宝や重要文化財も現存しており、歴史と文化が蓄積された「古都」である。

大津の地名は、「大きな津」、すなわち「大きな港」に由来するが、千年ものあいだ都が置かれていた京都に隣接しているという地理的条件から、東国や北陸方面からの米や諸物資が、丸子舟などの湖上交通によって集積されていた交通や経済の要衝の地であった。

この大津の街中において、明治二十四年（一八九一）五月十一日の午後、我国を歴訪中のロシアのニコライ皇太子が、警衛中の守山警察署の巡査津田三蔵に斬り付けられるという「大津事件」が起きている。

この一大事件は、前年にようやく近代憲法としての大日本帝国憲法が発布されたばかりの我国を震撼させるとともに、司法権の独立を考えるうえでの大きな試練を与える。

大国ロシアへの恐れから、事件の犯人である津田三蔵を、刑法上の皇室への罪（いわゆる大逆罪）を適用させて死刑にしようと企てる政府高官たちと、一般的な法解釈に基づく謀殺未遂罪として無期徒刑（終身刑）を主張する大審院長児島惟謙との、虚々実々のかけひきは司法権の独立をかけたものとして数々のエピソードを今に伝えている。

事件が発生してからわずか十六日後の五月二十七日、津田三蔵は、東京から大津地方裁判所に出張して開かれた大審院法廷において、七名の判事によって裁かれ、児島の主張したとおりの謀殺未遂罪の判決が下される。

判決後、大津から神戸にあった兵庫仮留監に移された三蔵は、六月二十四日、徒刑囚として船で北海道へ移送され、七月上旬に、標茶村の北海道集治監釧路分監に収容されるが、事件を起こしたことへの精神的な苦悩も加わり、肺炎に罹って九月二十九日の未明に死亡する。享年三十六、その死の真相に関しては謀殺説も囁かれたが、近年、三蔵の病状を記録した病床日誌が見つかり、肺炎で死亡した事実が明らかにされている。

大津事件から百十年余りが過ぎ去った平成十五年（二〇〇三）二月、大津市立歴史博物館で、「大津事件」の企画特別展が開催された。これまでにも、司法権の独立という観点からこの事件を取り上げたものはあったが、事件前後の経緯や、ニコライ皇太子や津田三蔵をはじめ、事件に関わった人々の実像にまで迫ろうとしたものは初めてであった。

展覧会場に入ると、正面のガラスケースの中に、事件当日の証拠品である津田三蔵が凶行に用いたサーベル（巡査への官給品）と、三蔵に斬りつけられたニコライ皇太子の頭部の傷を拭った血染めの白木綿のハンカチが展示されていた。

サーベルとはいっても、刀鍛冶で有名な美濃国の関で造られた日本刀の設えで、刀身には幾つもの刃毀れが残され、真っ直ぐであるはずの刀の背はゆるやかに湾曲していた。刃毀れや刀身の湾曲は、凶行に及んだ三蔵の刀を、皇太子らが乗っていた腕車（人力車）の車夫のひとりが奪って、三蔵の頭部や背中に打ち付けた際に生じたものとされている。

白木綿の大判のハンカチには、三ヶ所に大きな血痕が残っていて、事件直後の生々しい状況を留めている。ハンカチは、三蔵によって前頭部の二箇所に刀傷を負わされた皇太子が、現場付近の呉服商永井長助宅の店先で手当てを受ける際に、随行のひとりが差し出したもので、所有者は定かではないがハンカチの片隅にカタカナの「カ」という糸刺繍が施されている。

サーベルやハンカチなどの証拠品は、大審院の判決直後に滋賀県に戻され、木箱に長年厳重に保管されてきた。箱の表には、「知事、警察本部長のほか開披すべからず」との墨書と、これまでに開けられた年月日や当事者の名前が記されている。

「大津事件」に関しては、津田三蔵が凶行に及んだ動機の解明がキーポイントである。事件直後の取調べや裁判に至るまでの予審判事らによる数回の尋問記録は残されているが、いずれも突如逆上して凶行に至ったとの見解に終始しており、動機につながる三蔵自身の供述などは記されていない。今もなお、事件の真相は闇の中で黙されている。

企画展を準備しているなか、三蔵の故郷の伊賀上野や四日市において、七十六通もの三蔵直筆の手紙が発見され、今回はそのうちの数通が展示されていた。手紙は、筆書きの個性的な書体で記されていて、母きのや兄弟に宛てられている。

三蔵が生まれた津田家は、藤堂藩の江戸屋敷において御殿医を勤める家柄であったが、三蔵の幼年期に、父の長庵がお咎《とが》めを受けて隠居となり、一家で伊賀上野に移り住んでいる。母きのは、津田家の行く末を三蔵ら子どもに託して、藩校に入れて漢籍や書などを学ばせている。三蔵の教養はこうして培われたのであろうが、明治時代となって、徴兵令が出されるとともに、津藩から選ばれて軍人としての仕事に就くこととなる。

三蔵の手紙の中で、特に注目されるのは、明治十年（一八七七）に、西郷隆盛らが起こした西南戦争に従軍していた様子を記したものである。

西南戦争は、三蔵が二十三歳の年の出来事で、第三軍金沢第七連隊に所属していた三蔵は、金沢営所を三月に出発し、同月十一日、神戸で別働第一旅団に編入され、輸送船に乗り組んで、十九日未明に熊本県八代の日奈久南方の州口浜に上陸している。

当時の戦況は、熊本城攻防と田原坂の戦いの真っ只中で、三蔵らは、熊本城の救援のため西郷軍の背後を衝く衝背軍として従軍したのであった。

上陸の翌日には、八代の北方、宮の原町と鏡町付近で永山弥一郎が指揮する西郷軍との戦闘が始まり、さらにその北の小川町をめぐって数日間にわたる激戦が繰り返される。

三月二十六日午前七時、三蔵の所属していた別働第一旅団は、第二、第三旅団とともに、横幅十二キロに及ぶ戦線を展開しながら、小川町方面への攻撃を開始し、敵味方入り混じての壮烈な白兵戦の後、正午過ぎには小川町を攻略している。この日の戦闘における死傷者数は、官軍（新政府軍）四十九名、西郷軍四十余名と記録されている。

この日の激戦の最中、三蔵は、敵弾により左手背面から人差指と中指のあいだに貫通銃創を受けている。負傷した場所は、「大野」もしくは「大野山」の地とされているが、当時の戦闘記録や戦闘要図によれば、小川町のやや南方に、「吉野村大野」（現在は、熊本県八代郡竜北町大字大野）の地名があり、三蔵はこのあたりで負傷したものと考えられる
余談ながら、この戦闘において、師団長として別動第二旅団を率いて戦っていたのが、陸軍少将の山田顕義である。山田は、後の「大津事件」の際には、司法大臣として大津ま

で赴き、内大臣の西郷従道（西郷隆盛の弟）とともに、大審院院長の児島惟謙に対して、津田三蔵を極刑にするように迫った人物として再登場する。歴史の巡りあわせといえよう。

戦場で負傷した左手が治癒した三蔵は三ヵ月後の五月二十六日に、鹿児島にて原隊に復帰している。その後、西郷軍を追って、薩摩、大隅、日向などを転戦し、西郷隆盛が立ち戻っていた鹿児島に再度赴き、九月二十四日、最後の戦闘となった城山攻めに参加する。

翌二十五日付けで、三蔵が母きのに送った手紙には、西郷隆盛や桐野利秋など斃した敵将の名前を具体的に挙げながら、城山陥落のようすが誇らしげに綴られている。飛び跳ねるような独特の筆遣いや、西郷を中国の英雄で「四面楚歌」の諺にもなった「項羽」に喩えている文面からは、勝利に高揚した三蔵の気持ちがそのまま伝わってくるようである。

西南戦争を命懸けで戦ったという青春時代の経験は、三蔵の心の奥底にどのような陰影を刻み込んでいたのであろうか。

西南戦争と、その十四年後に大津で起きたニコライ皇太子遭難事件とは、歳月の隔たりもあって、全く次元の異なる出来事のようではあるが、当事者である津田三蔵の内面では、両者は緊密につながっていたのではなかろうか。

事件当時、滋賀県守山警察署三上駐在所の巡査であった三蔵は、「城山から逃れた西郷隆盛はロシアに生存していて、ニコライ皇太子の訪日に合わせて日本に戻ってくる」という、「日出新聞」の風評記事を信じ込んでいたとされる。

風評はさらなる風評を呼び、東京ではニコライ皇太子と西郷の二人が描かれた錦絵まで作られ、新聞には、明治天皇自らが、「西郷が戻るというのなら、西南の役に就いていた者へ与えた勲章は返還させる……」と言われたとの記事さえも載せられるようになる。

そのころ、ちょうど火星が地球に大接近していたが、東京の人々はそれを「西郷星」と親しみ、政治的な腐敗も横行していた世情もあって、西郷隆盛の再来を期待していたのである。

風評自体は、ニコライ訪問の直前には少なくなるが、西南戦争における功績によって帯勲者となっていた三蔵にとっては、内心忸怩たるものがあったに違いない。

事件の十日ほど前の五月上旬、伊賀上野に帰郷した三蔵は、妹婿の町井義純に、「西郷が、ニコライ皇太子と一緒に帰ってくるならば、西南戦争の功績で我々がもらった勲章が剥奪される。困ったものだ……」と実しやかな表情で語ったという。

町井は、三蔵の真剣なようすに驚きながらも、「おまえの駐在所には新聞がないのか。西郷のことは虚説だと、近頃の新聞には書かれているではないか……」と諭したと、事件後の取り調べで供述している。

町井自身も西南戦争に従軍し、戦功によって勲章を受けた郷土の帯勲者として、三蔵とともに伊賀上野の著名人となっており、二人が同じ金沢営所に所属して西南戦争に従軍した縁で、三蔵の妹が町井のもとに嫁いでいたのであった。

三蔵にとっての西南戦争は、遠い過去の出来事ではなく、自らが栄誉ある帯勲者であるという強い自負とともに、妹の結婚相手を選ぶに際してもその影を落としていたのである。

事件の当日、滞在先の京都の常盤ホテルから特別仕立ての腕車に乗って逢坂越で大津にやって来たニコライ皇太子の一行に対して、三蔵は、行程に応じて場所を変えながら三回の警衛についている。最初は、長等山の中腹にある三井寺観音堂周辺で、ここからは今も往時と同じく、眼下に大津の中心部の街並みが一望できる。この日、三蔵が配置されたのは、観音堂からさらに一段上の高台に建てられていた「西南戦争記念碑」の前であった。

大審院裁判が開かれるまでの予審尋問において、三蔵は、「西南戦争記念碑の前で凶行を思いついた」と陳述しているが、なぜニコライに危害を加えようとしたのかなど、動機に関する具体的な内容までは述べていない。

偶然とはいえ、その日の朝、西南戦争の記念碑の前に立ったことで、自らが負傷してまで戦った西南戦争の実体験と、唯一の生きがいであった勲章の重み、加えて、ニコライ皇太子とともに城山で死んだはずの西郷隆盛がやってくるという風評が具現化するのではないかという恐れなど、さまざまな思いが三蔵の心中に一時に込み上げ、幾重にも錯綜している。

（花）火二十一発ノ昇ルヲ見テ尚更西南戦争ノ往時ヲ回顧シ……」と、当時の心情を述べて

三蔵は、「種々ノ感慨起リ居ル際、沢山ナル事ガ一時ニ来タリ、四辺騒ガ敷ナリ、煙

いったのではなかろうか。

西南戦争の記念碑の前に立って、往時の感慨に耽っていた三蔵の耳元で、ニコライ皇太子の到着を祝って打上げられた花火の音は、いつしか戦場で聞いた大砲の音へと変わっていった。三蔵のなかに、「大津事件」の序曲が奏でられようとしていた。

西南戦争の記念碑の前で警衛するという、偶然の出来事がきっかけとなって、日頃は、勤勉実直な巡査であった津田三蔵は、歴史的な一大事件の主役へと引きずり出されていく。人生における多感な時期に、西南戦争という武士社会を完全に崩壊させる悲惨な戦いの場を経験した三蔵の内面に、無意識のうちに刻み込まれていたトラウマが起爆剤となって、当日の異様な感情の高まりをもたらしたのではなかろうか。

花火がきっかけとなった轟々たる砲火の響きのなかで、三蔵の心には、風評であったはずの西郷隆盛の姿がいつしかニコライ皇太子と重なり、戦場という修羅場の中から勝ち得た帯勲者という栄誉を守ろうとの強い思いが忽然と湧き起こったのであろう。

三蔵によるニコライ皇太子襲撃は、その日の午後、滋賀県庁での午餐を終えられた皇太

子が、京都の常盤ホテルへと腕車で出発されてから数百メートル先の、下小唐崎町の路上で起こった。そこは、三蔵にとってその日三度目の警衛場所であった。

両側を埋め尽くした群衆のなかでの凶行であったが、犯人がこともあろう警衛にあたっていた巡査であったということもあって、少し離れた場所で警衛していた巡査でさえ、三蔵が襲撃した瞬間を目撃していない。サーベルを抜いた三蔵自身も無我夢中の行動であり、襲撃に遭ったニコライにとっても思いがけない出来事であったのである。

残されている三蔵に対する予審判事らの尋問調書においても、その時、何が三蔵をそのような行動に駆り立てたのかという動機解明にまでは至っていない。

事件の動機に関する三蔵の陳述記録には、

- ニコライは、将来、ロシアが我国を領有するため、地勢を視察する目的でやってきた。
- ニコライが、三井寺の西南戦争記念碑や警衛の巡査に対して、敬意を表さなかった。
- 千島樺太交換条約など、ロシアは、我国に少しも利益を及ぼしていない。

などが記されている。

しかし、これらは、事件後、一日、二日経ってから語られており、その中には、逮捕の際に車夫が三蔵の刀で背中に斬り付けた傷によって、明らかに三蔵の陳述が困難であった日付のものまでも含まれている。

陳述内容から浮かび上がるのは、事件の重要性に気付いた三蔵が、時間が経過するなかで自分自身が納得できる動機付けをしていったのではないかという疑問である。

そうしたなか、三蔵が凶行直後に取り押さえられ、引き入れられた現場近くの江木巡査宅の裏庭で、滋賀県警察部の西村警部によって行われた尋問内容の証言が残されている。

西村警部の、「汝ハ如何ナル考ヲ以テ危害ヲ加ヘタルカ」という問いに対して、三蔵は、「御警衛ニ立チ居リテ俄ニ逆上シマシタウエデス」と答え、また、「如何ナル事ヲ為シタルヤ」という問いかけには、「一時眼ガ眩《くらま》シマシテ覚ヘマセン」と応じている。

これら事件後の生々しい状況でのやりとりからすれば、三蔵自身、何が原因で、何をしたのかさえはっきりと覚えていないこととなる。

この時の、「逆上」という言葉は、その後、大罪を犯した三蔵の行動要因が、三蔵生来の「気狂い」にあるとして、その異常な人格ゆえに事件を惹き起こしたとする歪曲した解釈に利用されることとなる。

三蔵の「狂気説」は、事件後の、三蔵の素行に関する故郷伊賀上野や勤務していた駐在所のあった野洲郡三上村周辺での聞き取り調査においても与件とみなされ、実際にそうした趣旨で集められた報告も見られる。

本来、警衛の任を全うすべき巡査が、こともあろうに強国ロシアの皇太子に危害を加えるという我国を揺るがす「驚天動地」な行状からして、三蔵ひとりの「乱心」をもってこの事件の落着を図ろうとした当時の関係者の意図さえ見え隠れしているようである。

この点に関しては、事件直後に三蔵の精神鑑定を行った大津病院の野並魯吉院長の鑑定書が現存していて、三蔵の精神状態は、「全ク無病健康ナリシモノト鑑定ス」との記述がなされている。

三蔵を凶行に駆り立てたものは何であったのか。

今回発見された西南戦争の戦地から母親や兄弟に宛てた手紙をもとに、大津事件に至るまでの三蔵のその後の人生を辿ってみると、負傷しながらも命懸けで戦った西南戦争で受けた精神的な痕跡は、ある種のトラウマとなって残されていたのではあるまいか。

無意識に過去のトラウマを抱えていた三蔵が、事件の朝、西南戦争の記念碑の前に立ったときから、三蔵の内なる時間は、西南戦争の当時へと逆戻りしはじめ、湖岸から打上げられていた花火の音はいつしか砲声へと変わり、戦場同様の興奮状態を持続させたまま、下小唐崎町での警衛に立ち、眼前を通り過ぎようとしたニコライ皇太子に向かってサーベルを振るったのであろう。

三蔵が斬りかかろうとした瞬間のニコライの姿は、戦野で戦った敵兵のひとりか、あるいは城山で確かに死んだはずの西郷の姿と重なって見えていたのではなかろうか。

「一時眼ガ眩シマシテ覚ヘマセン」

三蔵は、自らが無意識に内包していたトラウマが生み出した「幻影」に向かって、一瞬の刃を閃かせたのである。

三井寺の麓の長等神社（かつてニコライ皇太子がここから観音堂へ急傾斜の石段を登った場所）の門前には、ニコライを出迎えた人々が整列していた旅館「植木屋」が今もある。ここから山裾をしばらく辿って琵琶湖疏水を渡ると三尾神社となるが、ニコライは、この神社の傍らの三井寺の総門を腕車でくぐり、三保ヶ関の船着場へと向かったのである。

観音堂の裏の高台にあった西南戦争の記念碑は、現在では、さらに上の山腹へと移転され荒れるにまかされているが、西南戦争の様子を記した台座の銘文をかすかに読むことができる。

大津事件の現場となった、旧下小唐崎町の路傍には、昭和になって建てられた「此附近露国皇太子遭難地」と刻まれた石碑が静かに佇んでいる。

無期徒刑となって、北海道集治監釧路分監に送られた後、わずか三ヶ月で病死した津田三蔵の墓は、伊賀上野市の大超寺の境内にある。三十センチばかりの小さな墓石は、母きのが建てたとされるが、今もなお世を憚るかのように、小さく蹲っている。

ニコライ皇太子は、大津事件の三年後に、最後のロシア皇帝となるニコライ二世に即位するが、一九一七年のロシア二月革命で退位した翌年、ウラル地方のエカテリンブルクで一家全員が処刑されるという悲劇の最期を迎えている。

近年、その終焉の地でニコライのものとされる遺骨が発見され、DNA鑑定のために、滋賀県に保管されていた血染めのハンカチの一部がロシアに送られたが、歳月の隔たりもあって、遺骨がニコライ本人のものと断定するまでには至らなかったという。

大津事件の後、ニコライ遭難の地の大津には多くのロシア人が訪れ、遭難現場一帯を皇帝の聖地として買い上げ、教会を建設しようとする計画まで持ち上がったと伝わる。

ニコライ二世は、積極的な極東進出を図ろうとして、日露戦争の当事者となるが、日本海海戦などの敗北が遠因となって、ついにはロシア革命へと追い込まれていく。

最近公表された日露戦争の資料には、戦争によって捕虜となった日本人に対して、ニコライが、ある程度の自由を認め、施設見学さえも許していたとあった。大津事件に遭遇しながらも、ニコライの日本に対する感情に大きな変化は見られず、むしろ、我国へのある種の好意的なものを持っていたのではあるまいか。

事件の現場で、三蔵を取り押さえた腕車の二名の車夫、北ヶ市市太郎と向畑治三郎には、日露両国から年金と勲章が与えられ、英雄としてブロマイドまで発行されるが、日露戦争の勃発などによって、その後数奇な人生を辿っていく。

その時、大津の地で、津田三蔵が「幻影」に放った一瞬の刃が、それに関わった多くの人々の人生を大きく翻弄し続けたのである。

花火

明治十年に九州で起こった西南戦争は、明治という新しい国づくりの途上にあった我が国における最後の内乱であった。

西南戦争は、西郷隆盛という、江戸幕府を倒すうえでの最大の立役者が、同郷の桐野利秋らになかば担ぎ出されるかたちで、自らが誕生させた明治新政府に反旗を翻した戦争であった。何かを実現させようとしたのでもなく、士族の不平不満など残存していた封建的体質を西郷がその一身に背負い、その命とともに消滅させていったものとなった。

急速な近代化を進めようとしていた新政府の政策のなかでも、とりわけ士族を困窮させたのは、それまでの生活の根拠であった禄高制を廃止する秩禄処分であった。

不平士族らに蓄積されていた鬱憤は、明治七年の佐賀の乱を皮切りに、熊本の神風連の乱、福岡の秋月の乱、山口の萩の乱など具体的なかたちで噴出した。

明治十年二月二十五日、西郷隆盛は、「訊問ノ儀、是レ有リ……」との趣意書を認め、陸軍大将の制服姿で、鹿児島を出立した。西郷には、私学校党を中心とする一万五千の兵が従っていたが、この時点では、西郷のなかに新政府と戦争する気などなく、兵力を伴ったうえでの「訊問」を意図していたのであろう。

「訊問」の相手は、かつての同志であった同郷の大久保利通や、岩倉具視であったが、この機先を制するかのように、同月十九日、西郷隆盛追討の詔勅が出される。これによって、忠臣であった西郷は、賊軍の魁首と見なされ、結果として戦わざるを得なくなった。

容易に落せると思っていた熊本城の攻撃に手間取り、増強される官軍に対して田原坂や人吉で敗れ、東へと転戦するが、延岡の長井村で包囲された西郷は、八月十六日午後に、自筆による「解散令」を発布し、西郷軍の組織的な戦闘は終結する。西郷が着ていた陸軍大将の制服は、この時に焼かれたという。

本来ならば、降伏するか自刃するのが常ではあるが、西郷や桐野らは、可愛岳方面の官軍を攻撃突破し、ついに九月一日、四百人足らずの兵とともに、故郷の鹿児島に戻ってきて、城山山頂に本営を構える。いわば死に場所を求めての帰還であった。

九州各地に転戦していた五万の官軍が鹿児島に集結して城山を完全包囲し、西郷らが降伏するのを待った。

これらの兵士のなかに、後年、大津事件を惹き起こした津田三蔵が含まれていた。藤堂藩の藩医の家に生まれ士族であった三蔵は、十七歳で志願して名古屋鎮台の兵隊となり、やがて、金沢の第七連隊に配属されている。

伊賀上野の藩校での子弟教育を受けた三蔵は、元来の筆まめもあって、家族や親戚に宛てた七十数通もの手紙が現存しており、西南戦争についても詳しく記されている。

三蔵の属していた金沢の連隊は、西郷軍が取り囲んでいた熊本城を救援するための衝背軍として編成された別動第一旅団に入れられ、三月十九日に、熊本県八代の日奈久南方の州口浜に上陸し、西郷軍との戦闘を開始する。激戦の中、同二十六日、三蔵は、左手に貫通銃創を負い、長崎海軍臨時病院に移送され入院する。傷が癒えた三蔵が、鹿児島に転戦していた別動第一旅団の原隊に復帰したのは、五月二十六日のことであった。

焼け野原となった鹿児島の街や港の軍艦からの砲撃のようすや、夜になると官軍と西郷軍が互いに花火を打上げていたことなどが、三蔵が書いた手紙のなかに残されている。

西郷隆盛に関しても綴っており、「解散令」が出された後の西郷の行動について、「かつての忠臣の西郷氏が、野山に潜みながら生きているのは、狂気の西郷氏としか考えられない……」と、厳しい目を向けている。

九月二十三日の夜、官軍の総攻撃は翌朝であると告げられていた西郷らは、城山の岩崎谷の洞窟で、最後となるであろう囲碁や剣舞などに興じていた。

突如、城山から数十発の花火が打上げられた。花火が大好きであった西郷を喜ばせるための餞であった。花火がおさまると、錦江湾の官軍の軍艦上で、軍楽隊がショパンの別れの曲を奏で出した。参軍であった山県有朋が、最期を迎えるであろう西郷隆盛に敬意を表して捧げたとされている。

九月二十四日の午前四時、城山への官軍の総攻撃が開始される。洞窟を出て、岩崎谷から市街へ向かおうとした西郷は、坂道を数百メートルほど下ったところで、太ももに銃弾を受け、「晋どん、もうここらでよか」と言って、別府晋介によって、その場でのこぎりで引かれるように介錯されたという。

津田三蔵は、翌二十五日付けで、「当月二十四日午前四時より大進撃にて大勝利、魁首西郷隆盛、桐野利秋を獲まえて殺し、とても愉快な戦いでした……」という手紙を、三重県伊賀上野にいた母きのに宛てて書き送っている。

西南戦争のさなかにも、兵士の故郷に戦地で書かれた手紙が送り届けられていた事実とともに、日々の戦いのようすを克明に伝えようとする三蔵の眼差しに驚かされる。

滋賀県守山警察署の駐在所巡査となっていた津田三蔵が、大津の街中で、眼前を通過したばかりのロシア帝国のニコライ皇太子に、サーベルで斬りかかったのは、明治二十四年五月十一日の午後であった。

大津事件の供述調書には、その日の早朝、三井寺の高台にあった西南戦争の記念碑前で警衛に立っていた三蔵の耳元に届いた数十発の花火の音が、「一種異様な感想」を想起させたとある。当時の三蔵は、城山から脱出した西郷隆盛が、逃避先のロシアから、ニコライ皇太子の一行とともに帰還するという風説に惑わされていたとも伝えられている。

三蔵の心の奥底には、十五年前に従軍した西南戦争の記憶が鮮明に残されていて、事件当日に打上げられた花火の音がきっかけとなってその当時へとフラッシュバックし、「異様な感情」に呪縛されたまま、咄嗟にサーベルに手をかけたのではなかろうか。

三蔵の視線の先に見えていたのは、ニコライ皇太子ではなく、あの日の城山で死んだはずの、西郷隆盛の「幻影」であったように思われる。

花折峠

琵琶湖の西側に、屏風を立てたように連なっているのが比良山地で、かつて万葉人は、重なり合う幾つもの山の姿を、「連倉山」と喩えている。

花折峠は、葛川の南端の葛川坂下と伊香立途中との境の標高五九〇メートルの峠で、比良の山塊が琵琶湖に向かって落ち込んでいくところにあるこの峠道は、昭和五十年（一九七五）に、花折トンネルが開通するまでは、越えようとする人々の難所であった。

葛川の名が歴史上に顔を出すのは、平安時代からで、貞観元年（八五九）、葛川坊村に息障明王院を開いた相応和尚によって、不動明王信仰の聖地となり、やがて比叡山延暦寺の庇護のもとに修行や参籠の場となっていく。

葛川へと至る道に関しては、平安時代末期に後白河法皇が編んだという『梁塵秘抄』にも「何れか葛川へ参る道、仙洞・七曲・崩坂……」とあり、このうちの「崩坂」が葛川坂下の坂を、「七曲」が折れ曲がる花折峠であるとされている。都のあった京から葛川に祈願参籠しようとする貴族たちにとって、この峠はとりわけ難所とされていたのであろう。

室町時代になると、明王院には、葛川の地域を安堵した第三代将軍の足利義満や、応仁の乱の後には、九代将軍の足利義尚と母の日野富子が、途中から花折峠を越えて参籠しており、その際に納められた参籠札が残されている。

難所の峠にしては、美しい響きをもつ「花折」の名の由来は、相応和尚ゆかりの明王院の「三の滝」に参籠しようとする比叡山の修行僧が、この峠において、手向けの花として、「樒を手折って」斎戒したことに因むと伝えられている。

ある年の晩秋の一日、山歩きの仲間とともに、花折峠を越えることとなった。

JR湖西線の堅田駅からバスに乗り、丘陵伝いに伊香立途中から急な坂道を上って三十分あまり、花折トンネルの数百メートル手前のバス停「花折峠口」で降りて、山側に残されている道の痕跡を峠へと辿り始める。

道は、かつて「七曲」と呼ばれた趣をわずかに残し、数十メートルほどの短い距離で勾配をかせぎながら、山腹を小刻みに折れ曲がって続いていく。

峠道では、春はショウジョウバカマやヤマザクラ、コバノミツバツツジが咲きそろい、夏は、イワカガミやヤマアジサイに彩られ、秋になると、センブリやヤマリンドウが薄紫や紫の花を付けるという。車の往来が絶えて久しい峠道は、歳月を重ねるうちに、自然の風情を湛えたかつての姿に還ろうとしていた。

峠のかかりは、杉や檜の林で、このあたり一帯の山々でも、戦後の林野行政が推し進めた植林政策によって、落葉樹林を伐採した後に、杉や檜などの常緑樹林が植えられ続けた。しかしながら、林業が衰退するとともに、間伐や下草刈りなどが行なわれなくなり、やがて自然林の様相となり荒れるにまかされるようになった。

自然環境に詳しい知人のひとりは、「落葉樹に比べて、常緑樹である杉や檜は、保水力が格段に劣っている」と指摘する。落葉樹林では、木々が葉を落とす冬のあいだに、木の根元にまで陽の光が届いて地面が乾くため、ここがいわば自然の大きなプールの役目となって水を蓄えることができるという。一方、常緑樹である杉や檜の林の育っている地面の表土は、常時水分が多く含まれているため、保水力が低く、このことが大雨などの際に鉄砲水を引き起こす原因にもなるのである。

峠道を上って行くと、道の両側は、雑木林に変わり、木々の枝を埋めている葉は、秋の深まりとともに山に加わってきた冷気によって黄葉や紅葉に染められ、峠道に短い秋の風趣を描いていた。色付いた枝々が届けてくれている生命の彩りを感じているうちに、いつしか、万葉の歌人であった額田王が、天智天皇の命を受けて近江大津京において、春と秋の趣を比べて詠んだという長歌の一節が思い浮かんだ。

秋山の　木の葉を見ては　黄葉をば　取りてそしのぶ　青木をば　置きてそ嘆く
そこし恨めし　秋山ぞ我は
（万葉集　巻一―十六）

この当時の人々は、紅葉した葉のようすを「黄葉する」と表現しており、野山とともに息づいていた万葉人の感性が伝わってくる。近江大津京は、わずか数年で、灰燼に帰し幻の都となったが、万葉集に収められたこの長歌のおかげで、秋が訪れる度に自然を愛でる鮮やかな感性を、今もなお共有することができる。

ほどなくして峠道は、なだらかになり、反対側からの風の気配が上がってきた。頂には、「花折峠」と刻まれた自然石の碑が建てられ、その裏側には、「北嶺大行満光永澄道」と記されていた。澄道師は、千日回峰行を満願された大阿闍梨で、生前に一度お住まいにお伺いして、生きながらにして不動明王を感得するという厳しい回峰行の様子をお聞きしたことがある。毎年、七月中旬になると、樒を手向けてこの峠を越えられ、明王院での参籠修行へと赴かれたという。残された碑の文字に、凛とした中にも慈愛に満ちた澄道師の面影が思い出された。花折峠を下り終えると、葛川坂下の在所となる。峠道は、名ばかりの国道に入り込み、葛川の八つの村々を経て朽木村に至り、幾つかの峠を越えて、「鯖街道」という別称のとおり、かつて京へと鯖が運ばれてきた若狭の海へとつながっている。

降る雪は

降る雪は

その年の初雪が降ったのは、師走の半ばを過ぎてからで平年よりは少しばかり遅かった。日本海へと張り出してきたシベリア寒気団から送り届けられた雪雲は、ひと晩のうちに琵琶湖のほとりを真っ白な世界へと変え、翌日も雪は降り続いていた。

鈍色の空から降る雪は、ときおり吹雪模様となって書斎のガラス窓から見える雪景色を遮ったかと思うと、粉雪、ぼたん雪、みぞれ雪へとさまざまに変化した。

窓辺で、間断なく空から落ちてくる雪の姿を眺めているうちに、万葉集に収められている、愛惜の込められたひとつの挽歌が思い起こされた。

降る雪はあはにな降りそ吉隠《よなばり》の猪養の岡の寒からまくに　(万葉集巻二―二〇三)

この歌に添えられている題詞(詞書き)には、

「但馬皇女の薨じて後に、穂積皇子、冬の日雪の降るに、御墓を遥かに望み、悲傷流涕して作らす歌一首」と記されている。

長谷寺がある初瀬からさらに奥に入った吉隠の地に降り積もる雪に思いを馳せながら、その地に葬られた但馬皇女へと寄せる穂積皇子の尽きせぬ深い愛が伝わってくる。

穂積皇子は、天武天皇の第五皇子で、但馬皇女も同じく天武天皇の皇女として生まれ、穂積皇子とは、異母兄弟の間柄にあった。

但馬皇女は、大化改新の立役者である藤原鎌足の娘の氷上娘を母とし、自由奔放、情熱多感で、一途な性格であったという。皇女は、最初は、天武天皇の長子であった高市皇子のもとに居たのであるが、いつしか、穂積皇子への許されざる愛情を抱くようになっていく。こうしたなか、万葉集には、穂積皇子への断ちがたい思いを詠んだ但馬皇女の三首の相聞歌が残されている。

秋の田の穂向きの寄れる片寄りに君に寄りなむ言痛《こちた》くありとも　（巻二―一一四）

「言痛く」とは、「まわりの人々の噂がうるさい」という意味であるが、それさえも飛び越えて、稲穂が傾くように穂積皇子へと引き寄せられていく皇女の思いが詠まれている。

後れ居て恋ひつつあらずば追い及かむ道の隈廻《くまみ》に標結《しめゆ》へ我が背　（巻二―一一五）

許されぬ恋が取りざたされ、藤原京から追われたのであろうか。穂積皇子は、近江大津にあった崇福寺へと遣わされる。但馬皇女は、後に残されて恋しさを募らせているよりは、追いかけて行きたい気持ちを詠っている。歌に込められた皇女の思いは、穂積皇子に、道の曲がり角に、後から追いかけてもわかるように、目印を残せと激しく呼びかけている。

人言を繁み言痛みおのが世にいまだ渡らぬ朝川渡る　（巻二―一一六）

周りの人々の言うことが煩わしくやかましくて仕方がない。そうではあっても、穂積皇子に会わないわけにはいかず、それまでの生涯では思いもよらなかった朝の川を渡る。皇子への燃え上がる思いを胸に、きっぱりと朝の川を渡る但馬皇女の姿が鮮やかに輝く。「朝川渡る」という端的な表現に、但馬皇女の物事にとらわれない一途な生き方がうかがえ、後世にまで色褪せることのない生き生きとした感情が伝わってくる。この歌は、万葉集を彩っている数多い相聞歌の中でも、蒲生野の額田王の歌とともに、愛唱されている。

相聞歌は、本来、恋人や夫婦など親しい者が互いに贈答しあったものであるが、但馬皇女の激しい思いが込められたこれらの歌に呼応する穂積皇子の歌は残されていない。

こうした背景には、自らの立場をも顧みず、ひたすらに追い求めてくる但馬皇女のひたむきさに圧倒され、返歌さえ詠めずに、佇み戸惑っている穂積皇子が見え隠れする。

持統十年（六八九）に、高市皇子が薨じられた後、但馬皇女は、穂積皇子のもとで十年近く生活をともにしたと思われるが、そうした様子を伝える歌なども伝わっていない。

和銅元年（七〇八）六月に但馬皇女は亡くなられるが、その年の冬の日に、藤原京におられた穂積皇子によって、「降る雪はあはにな降りそ……」の歌が詠まれたと考えられる。

この歌は、山道を駆け、朝川を渡り、穂積皇子を追い求めた但馬皇女に対しての、皇子からの唯一の返歌ととることができよう。行く先の見えない激しい恋に焦がされ、その思いのままに生きようとした但馬皇女の強い思いを、皇女の死後、ようやくにして穏やかに受けとめ得た穂積皇子の心が、降りしきる雪のなかでこの返歌を生み出し、それは同時に、但馬皇女への、穂積皇子からのたったひとつの相聞歌として完成をみたのである。

望　郷　～遣唐使・井真成～

中国への初めての旅は、今から二十年前の昭和時代の終わりのころで、上海を経て、かつて南宋の都、杭州へと向かった。我国では、まだ馴染みの浅かった「太極拳」を本場で学ぼうという目的であった。

大阪空港を離陸して上海へと向かう飛行機の窓からは、白い雲海と眼下には東シナ海が青々と続いていた。新たなものを学ぼうとする旅のためか、異国へ行くという高揚した気持ちで、空と海に交互に目を遣りながら遣唐使の旅へと思いを馳せていた。

やがて、彼方にうっすらと陸地の姿が見え始めたころ、海の色は、長江（揚子江）の運んできた泥で濁り始めていた。日本への平均生還率が六十パーセントと、命懸けの旅であった遣唐使たちも、往路、幾日もの航海の末に海の色に濁りが加わってくるのを我が目で確かめ、中国への旅の半ば成功を実感したに違いない。

平成十七年（二〇〇五）三月上旬、大阪の東南、藤井寺市にある葛井寺の門前に、地元の有志によって一本の木柱が建てられた。

新聞の片隅に小さく採り上げられた記事を読んでから旬日を経ずして、早春のこの地を訪れてみた。建てられたばかりの真新しい白木の柱には、「遣唐使井真成生誕の地」と墨で書かれていた。

「井真成」というのは、遣唐使として唐に渡った人物の名前で、「いしんせい」または、「せいしんせい」、あるいは、「いのまなり」とも読むことができる。

井真成が生まれたのは、文武二年(六九八)で、当時の我国は、唐王朝からもたらされる大陸文化に染まり始めた時期であった。中国風を真似た本格的な都城である藤原宮や本薬師寺が完成し、壬申の乱を勝利した天武天皇、持統天皇を経て、その子の軽皇子が文武天皇として即位したばかりで、唐の制度をもとにした律令国家をめざしていた揺籃期であった。都の位置を定めるうえの根拠とされた四神相応思想に通じる装飾壁画が描かれていた高松塚もこのころに造られている。

律令制度による国家造りという、中国化(唐化)ブーム到来のさなかに、井真成は、その産声を上げ、成長していった。

養老元年(七一七)に、第九次の遣唐使が派遣されたが、十九歳になっていた真成も、国選留学生の一員として遥か唐土をめざしたのである。この時の遣唐使の総勢は五百人あまりで、四隻の船団で構成され、後世に名を残した阿倍仲麻呂や吉備真備、玄昉なども乗船していた。

当時、遣唐使船による中国への渡航ルートには、朝鮮半島に沿って大陸をめざす北路と、九州から東シナ海を斜めに過ぎって長江付近へ辿り着こうとする南路があった。当初は、航海の安全上からも北路が採られていたが、やがて新羅による統一など朝鮮半島の国情の変化とともに、南路が中心となっていく。

遣唐使は、舒明二年（六三〇）の犬上御田鍬の第一回派遣から承和五年（八三八）まで、業績の明らかなものだけでも十数回を数えている。お世辞にも外洋用の船とは言い難い、脆弱な構造の三百トンほどの船での渡航であった。まさに命懸けの航海ゆえに、中には遣唐大使に任命されても、何かと理由をつけて出航を遅らせる者もあったと記されている。

外交とは言っても、当時の唐の国力からして、我国と対等な関係であったとは考え難い。我国の体面や体裁はともかく、中華思想を旨とする大唐帝国にとっては、所詮、周辺諸国と同様の朝貢と見做していたのではあるまいか。事実、遣唐使の目的の主なものは、皇帝に拝謁できる年賀儀式への参列にあった。

長安への旅程を考慮して、新年に間に合うようにと、台風の多い初秋の季節に我国を出帆したため、南路を使う航海は、危険きわまりないものとなっていた。

航海術も未熟なうえに、遣唐船の構造自体が外洋で受ける波浪に適しておらず、往路、復路ともに遭難する船が多かった。ある時期以降、四隻の船団編成として、正使と副使を別々の船に乗船させたのには、こうした高い遭難率が勘案されていたのであった。

真成の時代の遣唐使は、概ね二十年間隔で行なわれており、第九次遣唐使は、唐の制度にならった養老律令が完成した報告も兼ねての派遣であった。大宝律令に続く新たな律令を携え、遣唐使たちは、勇躍して長安をめざしたことであろう。

長安に到着してから十数年間の、井真成の境遇はつまびらかではないが、次の遣唐使がやってくるまでの歳月を、帰国後に備えて、律令制度をはじめとする唐の諸制度の研鑽習得に励んでいたに違いない。真成の名は、優れた人材のひとりとして、阿倍仲麻呂らと同様、唐の朝廷にも届くようになっていたと考えられる。

真成が滞在していた当時の唐王朝は、七一七年に即位した玄宗皇帝の御世で、後に、「開元の治」と称えられた盛唐期へと向かう時期にあたり、正都であった長安の街は、「長安城中百万区家」の唐詩も残されているように、百万人を超える人口規模であった。

唐代における長安城の大きさは、東西約九キロ、南北約十キロで、後世の明代に築かれた現在の長安城の約九倍という広大なものであったという。

西安の街には二度行ったことがあるが、明、清代に築かれた城壁や遥かシルクロードへとつながる西の門（安定門）をはじめ、東西南北の門が残されている。

市街の外周をロの字形に取り囲んでいる城壁の総延長は十二キロ、高さは十二メートル、上端部の道路幅も十二メートルあり、毎年、ここを使って恒例の市民マラソンが行われている。西安を最初に訪れた際、今では城壁から遠く離れて建てられている大雁塔も、かつては城内に位置していたと教えられ、唐代の長安城の大きさを実感させられた記憶がある。

往時の城内には、大雁塔を持つ三蔵法師ゆかりの大慈恩寺や小雁塔のある大薦福寺をはじめ、百にも及ぶ仏教寺院や「波斯胡寺《はしこじ》」と呼ばれた遠くペルシアから伝えられたゾロアスター教寺院や景教（キリスト教の一派のネストリウス教）の寺院などが盛況を極めてきた。東西に開かれていた市では、シルクロードを経て西域からもたらされた異国情緒にあふれた品々や、李白の『少年行』の詩にも描かれている胡姫（若いイラン系の舞姫）などのさまざまな人々の姿が見られ、東西の民族と文化が入混じり合う「坩堝《るつぼ》」のような殷賑さに満ちた国際都市となっていた。

「井真成」が、三十六歳の生涯を長安城内の官舎で終えたのは、七三四年（中国では、開元二十二年、我国では、天平六年）の正月初旬とされている。

記録によれば、その前年の晩秋に、真成自身も待ちに待ったであろう第十次遣唐使が、多治比広成を大使として長安に到達していた。おそらくは、真成も、海を越え陸を辿って故国からはるばるやってきた人々に出会い、家族の消息も尋ねたに違いない。

空しく唐土と帰した留学生「井真成」の名は、やがて歳月の流れのなかで忘れ去られ、永遠の闇に閉ざされた。

「井真成」が、この世に存在していたという事実に光を当てることになった奇跡的な出来事は、その没後から千三百年近い時を隔てた二〇〇四年（平成十六年）四月に西安の東の郊外の建設現場で起こった。

内陸部の経済都市として発展が著しい陝西省西安市は、建設ラッシュに伴って、旧長安城の範囲から東の郊外へと広がっている。そうした建設現場のひとつで、掘削中のショベルカーが一枚の小さな石の墓誌の端をひっかけ、上部がわずかに破損したものの、墓誌を覆った蓋とともに、ほぼ完全な状態で発見されたのであった。

中国における墓誌は、死者とともにその墓中に埋葬された石板に刻まれた生前の功績などの記録であり、特に盛んに作られた唐代のものは、数千点が公にされている。

発見されてから半年後の同年十月、公開された「井真成」の墓誌の内容は、字数は全部で一七一文字（このうちの九文字は、発見時の破損で欠字）」で、文頭には、

「姓井真成國号日本……」とあって、日本からの遣唐使「井真成」の名前や事績をはじめ、死亡した年月や年齢等が記されていた。

さらには、時の玄宗皇帝の勅命によって、皇帝の身辺を担当する殿中省で衣服を扱う

「尚衣奉御（皇帝との謁見も叶う従五位上の高い位の官職）の官位を追贈され、葬儀も官給で執り行われ、埋葬された日やその場所まで刻まれていた。

遣唐使たちは、長安では唐風で名乗っていたとされるが、まず注目されたのは、墓誌に記されていた「井真成」という名前である。通常は、名である「真成」はそのまま残して、日本の姓のうちの「井」の一字を記したと考えられる。この略した字が上か下かで、当時の遣唐使を多数輩出していた二つの渡来系の氏族の、「葛井氏」あるいは「井上氏」が候補とされた。この両者は、ともに大阪の東南部に位置する藤井寺一帯に栄えた氏族であるが、真成の出身は、葛井氏ではないかという見解が主流となっている。

もうひとつ、我国において墓誌の発見に関心を寄せる人々、とりわけ出身地とされる藤井寺の人々を感動させたのが、墓誌の最後の二行に刻まれていた「辞」と呼ばれる韻を踏んだ次の文章であった。

「寂乃天常哀茲遠方形既埋於異土魂庶帰於故郷（死ぬことは天の常道だが、哀しいのは遠方であることである。身体はすでに異国に埋められたが、魂は、故郷に帰ることを願っている）」

墓誌の発見を受けて、藤井寺市では、市民有志からなる「井真成市民研究会」が立ち上げられた。会では、会員を募るとともに、墓誌を見るためにはるばる西安の西北大学を訪問したり、有識者を招いてシンポジウムを開催するなど、「井真成」の墓誌の里帰りをめざした取り組みが行われ、大きな高まりとなっていった。発起人のひとりは、中国から新しく着任してきた王毅駐日大使の歓迎レセプションに出向いて、涙を浮かべながら、大使に真成の墓誌の里帰りを直接願ったという。

葛井寺の境内に建てられた真成生誕地の木柱も、こうした市民活動のひとつとして行われたのである。境内には、シンポジウムへの参加の呼びかけと、墓誌の「里帰り」のための嘆願書も置かれていた。

中国における「文物保護法」は、現代までに多くの貴重な文化財が諸外国へと散逸した過去の忌まわしい経験をもとに、発見された文化財の価値や管理方法が決まるまでの間、国内はもとより、海外への持ち出しに至っては、特に厳しい制限を設けている。

今回見つかった「井真成」の墓誌も、こうした文化財に該当するため、藤井寺市の人々が願っている故郷への里帰りが実現するまでには、何年もの歳月を要すると思われた。

しかしながら、先に行われた中国大使への「直訴」や嘆願書など、精力的な市民活動のかいあって、墓誌の発見された翌年の三月に開会した愛知県での「愛・地球博覧会」の中国館において、「井真成」の墓誌が特別に展示され、引き続いて、七月から東京国立博物館、九月末から十月初めにかけて奈良国立博物館において、特別展「遣唐使と唐の美術」として公開されたのである。

奈良国立博物館での展示は、場所的にも藤井寺に近く、遣唐使「井真成」の事実上の里帰りとなった。

博物館の新館に展示された墓誌は、予想していたよりも小振りで、保存のために照度が落とされたガラスケースの中に納められていた。

墓誌の大きさは、縦横とも約四十センチメートルで、厚みは、十・五センチメートル、材質は、大理石に似た白みを帯びた漢白玉質の硬石(唐白石)で、磨かれた石の表面は、水気を留めたように艶やかで、あらかじめ薄く刻み込まれた碁盤状の罫線の枠の中に、最初の行には、墓誌のタイトル、これに続く十一行に誌文と辞が記されていた。

鋭利な刃先で掘り込まれた文字は、細字の楷書体で、手慣れた書風を湛えていた。所々に建設現場での発見の際に生じたであろう引っ掻いたような傷が痛々しいが、全体としての保存状態は良好で、土の中に千三百年近く埋もれていたとは思えなかった。

墓誌の字面を保存するための覆いとされた蓋は、台形柱の形状で、辺の縦横は、それぞれ三十七センチメートル、材質は、黒っぽい色をした青石質で、墓誌よりひと回り小さく作られてあった。蓋の上部には、「井真成」の墓誌であることを示す十二文字の銘文が、墓鎮めのまじないの書体とされていた篆書体で刻まれてあった。

墓誌の文字を直接読み取ることは、彫りが余りにも浅いために難しく、傍らに添えられていた拓本の文字を参考にした。

誌文や辞の全容については、すでに新聞などにも紹介されていたが、実際の墓誌を目の前にしているうちに、一文字、一文字が冥府から甦った真成の言葉となって、深く重い哀しみとともに、語りかけてくるように思われた。辺りからは、参観者の姿が途絶え、墓誌に対峙しているひとりの自分と、そこに留まったままの静寂の時間だけが流れていた。

ようやく辞の終わりに刻まれている「……魂庶帰於故郷」に至ったとき、語りかけられていた真成の言葉は、それまでの哀しみを離れて安らぎへと変わったように感じられた。異国での無念の死から幾世紀、時空を超えて、墓誌に封じ込められていた真成の魂は、ようやく懐かしい故郷へと帰り着いたのではなかろうか。湧き上がってくる感情の中で、墓誌の文字が滲んで見えた。

「井真成」が、埋葬されたのは、長安の東、春明門の外にあった長楽駅（遣唐使が、皇帝の使者の出迎えや見送りを受けた地）の東方の万年県滻河《さんが》のほとりの郭家灘付近とされている。その当時、遣唐使が帰国する際には、ごく親しい人々は、長楽駅からさらに東にある灞《は》水まで送って、朱塗りの美しい灞橋で別れを惜しんだという。

かつて、西安を訪れた際に、早春の灞水のほとりに佇んだことがある。この場所では、往時から「折楊柳」という習慣があって、長安から東へと遠く旅立つ者に、二本の柳の枝を「わがね」て、それを堅く結んだ「同心結」に仕上げて贈ったとされる。柳を贈るのは、「柳」の発音が、「留」の音に通じるため、「あなたの名残を留めておきたい」気持ちを託しているという。

もしも、「井真成」が、故国へと帰る日を迎えられていたならば、同じように、長安の友人たちから送られた灞水の柳を手にしていたに違いない。長安の東方の地に葬られたのには、せめても故国に近い場所をとの配慮があったのではなかろうか。

今後、もう一度、西安へと旅する機会があるならば、真成が土となった滻河のほとりを訪ねてみたい。

熱意ある市民活動を通じて実現した束の間の里帰りを終えて、「井真成」の墓誌は、再び中国へと戻された、

しかしながら、「井真成」の魂は、墓誌に刻まれていた史実とともに生まれ育った藤井寺の地へと召還され、故郷が生んだ遣唐使「井真成」の名とともに、人々の新たな記憶となって、末永く語り継がれていくに違いない。

遠　来　～白瑠璃碗～

古都奈良の晩秋を彩る正倉院展の会場へと連なっている長蛇の列に加わり、今年（平成二十年）に展示されている品々へと思いを馳せながら、それらに出会えるまでの時間を楽しんでいた。

太平洋戦争のあいだ旧奈良帝室博物館に避難保管されていた正倉院御物を、元に戻す前に公開してほしいとの地元の嘆願によって、昭和二十一年（一九四六）に第一回の正倉院展が始められた。食糧事情や交通手段が未だ十分でなかったにもかかわらず、全国各地から十四万七千人が訪れたとの記録が残されている。敗戦後の混乱期、我国の行く末と飢餓への日常的な不安を抱えながらも、人々は何かを求めて奈良の地をめざしたのである。

個々の動機は異なるものの、初めて目にする御物に、悲惨な戦争がもたらした精神的な飢えを癒されたに違いない。そのうちの一人は、「紅牙撥鏤尺」の鮮やかな紅色に、戦地から生還できた喜びを実感し、将来への夢と希望を与えられたと語っている。

第六十回目を迎えた今年の逸品である「白瑠璃碗」は、二階フロアの中央に置かれたガラスの展示ケースの中で、淡い黄褐色に輝きながら浮かんでいるように見えていた。瑠璃は、玻璃と同じくガラスの古称である。

口径十二センチメートル、高さ八・五センチメートルの半円形の半透明の碗は、想像していたよりも小振りで、千数百年の歳月を経てきたとは信じ難い煌きを保っていた。碗の外側を覆っている円形に刻まれた凹レンズ状になった八十個の切子（ガラスの表面に砥石などで刻んだ文様）が、ほどよい間接照明によって、それぞれのレンズの中に反対側の切子の文様を幾重にも漂わせている。上下左右に円形切子が重なり合う部分は、六角形に削られていて、碗全体としては、拡大されたトンボの複眼を想わせた。

「白瑠璃碗」は、第一回の正倉院展にも出品されているが、保存状態が極めて良かったため、時代的にも新しいものであると考えられていた。

それから十三年後の昭和三十四年（一九五九）、イランにいた我国の発掘調査隊のひとりが、偶然、首都テヘランの骨董店で、カスピ海沿岸のギラン州デイラマーンにあるササン朝ペルシア期の古墳から盗掘されてきたという、「白瑠璃碗」にそっくりな円形切子瑠璃碗を見つける。

その後の現地調査で、同様の瑠璃碗が多数出土したことから、正倉院の「白瑠璃碗」も、五、六世紀のササン朝ペルシアで製作されたものと判明する。

「白瑠璃碗」は、原産地の北部イラン高原から、近くを通っていたシルクロードによってタリム盆地を経て、六朝あるいは隋、唐の時代の中国へと運ばれ、後に、遣唐使によって我国へと持ち帰られたと推察される。

唐時代、ペルシアは「胡」と呼ばれ、都の長安にも「胡人」が在住し、彼らの生活スタイルである「胡風」が歓迎されていた。李白の唐詩にも「胡姫」の二文字が記されている。正倉院には、「白瑠璃碗」のほかにも、琵琶、漆胡瓶、八角杯、トルコ石などの「胡風」を伝える幾つかの品々が納められている。

「白瑠璃碗」の遥かな旅を思い浮かべた。

ある時は灼熱の砂漠を何ヶ月も駱駝の背に揺られ、ある時は長安の月見の宴に供され、やがて歳月を経て、日本からの遣唐使に携えられて中国大陸を横断した後に揚州あたりの港から船出して東シナ海の海原を風任せに乗り越え、九州から再び陸路や海路を辿って、ようやくにして奈良の平城京にもたらされたに違いない。

海山を何千里も隔てた「胡」の国の「白瑠璃碗」を初めて手にされた聖武天皇らの驚きはいかばかりであったろうか。遣唐使の語る長安の土産話を聞きながら、碗には、到来物の葡萄の美酒が並々と注がれたことであろう。

イランの古墳から出土した切子瑠璃碗の形状は、正倉院の「白瑠璃碗」と酷似しているが、土の中での千年以上の歳月経過によって、銀化（風化）が著しい。銀化は、珪酸などのガラスのアルカリ成分が化学変化を起こして銀色の輝きが生じる現象で、独特の趣を持っている。

千数百年の時空を超えた正倉院の「白瑠璃碗」が、世界でただ一つ、作られた当時の輝きを保ち得ているのは、正倉院御物として恭しく保存されてきたゆえの奇跡といえる。

我国には、六世紀半ばに造られた安閑天皇陵（羽曳野市古市）から、江戸時代に出土したとされるもうひとつの「白瑠璃碗」があるが、破損した断片が漆で継がれたこの瑠璃碗の様式や形状が正倉院のものと瓜二つで、原産地や製作された年代がほぼ同じであると考証されている。ガラスの透明度そのものは、やや失われてはいるが、長い間、土の中にあった副葬品にしては銀化が進んでおらず、これもまた解き明かせていない謎となっている。

展示品を一巡して高揚した気持ちのなかで、再び「白瑠璃碗」の前に佇み、輝きのなかのゆるやかな時の流れを感じながら、この瑠璃碗が辿ってきた遠来の旅物語に耳を澄ませてみた。

蕪村と芭蕉　～近江・京都を舞台に～

その生涯

与謝蕪村は、松尾芭蕉より七十余年後の享保元年（一七一六）に生まれている。ちょうどこの年、江戸では、徳川吉宗が第八代将軍を継いでいる。

蕪村は、その生涯において、中国（清）の伊孚九や沈南蘋によって我国に伝えられていた南画（文人画）に独自の技法を編み出すとともに、俳諧では、蕉風俳諧の復興をめざして、新たな芸境を拓いている。

蕪村ゆかりの金福寺は、比叡山の京都側の山麓にあり、宮本武蔵と吉岡一門の決闘で名高い一乗寺下り松や石川丈山が住んだ詩仙堂にも近い。

寺を訪れたのは紅梅が満開のころで、山麓の傾斜地にある境内からは、洛東の街並みや、高尾へと続く山には、五山の送り火が焚かれる左大文字や舟形が遠望できた。

山門から皐月の刈り込みの中を上がった高台に、萱葺き屋根を持つ二間四方の「芭蕉庵」が建てられていた。重たげな屋根の先を支えている棟持柱に穿たれた無数の虫食い穴が、江戸時代半ばに蕪村らによって再建されてからの二百年あまりの歳月を物語っている。これまで、台風などの被害を受けて幾度か倒壊の危機に瀕してきたが、その都度修復され、今日も往時の姿を保っている。

住職の話では、屋根は概ね十年ごとに葺き替えているが、近年では、屋根葺き職人が少なくなるとともに、材料の萱を手に入れるのも難しくなってきているという。

庵の隣に続いている杉木立の中に蕪村の墓所があり、傍らには、内弟子であった呉月渓(呉春)とその実弟の景文の墓が並んでいて、今も仲良く語り合っているように見える。

与謝蕪村が生まれたのは、摂津国東成郡毛馬村(大阪市都島区毛馬町)とされる。裕福な農家であったが、少年時代に両親と生家を失ったため、十代後半には江戸へと下って夜半亭宋阿(早野巴人)に入門して俳諧を学ぶとともに、絵画や書、漢籍にも勤しんでいる。数年後に宋阿が没したため、その後の十年ほどは、下野、上野、上総、下総から奥州一円を遍歴し、生活の糧を得るためもあって、寺や民家に山水画をはじめとする襖絵などの多くの作品を遺している。蕪村の足跡からして、芭蕉の「おくのほそ道」の旅にあやかろうとしていたのではと考えられている。

蕪村は、三十六歳の秋に京に上っているが、三十九歳の夏ごろ丹後の宮津に赴き、見性寺の竹渓のもとに三年間仮寓しつつ、『李白観瀑図』などの山水画や神仙図を描くなど絵画の修業に専念する。画家蕪村としての新たな画風を会得するとともに、俳諧の世界においても、雄大かつ色彩感覚を伴った境地をめざそうとしていたのである。こうした心境を示唆するかのように、それまでの釈蕪村（「釈」は、拘束していたものを解き放つ意、あるいは仏道に帰依した僧の意と考えられる。）の名は、与謝蕪村へと改められている。「与謝」は、宮津湾の奥、天橋立の西側の潟湖の名である「与謝の海」に因んでいる。

宮津での修業を終えた後の十年間は、画業における蕪村の全盛期で、「謝長庚」あるいは、「謝春星」という雅号を用いて、数々の山水画や文人画を手掛けている。

こうしたなか、南画を大成させた池大雅の『十便図』とともに、蕪村が描いたのが『十宜図』である。この二つを合わせたものが、国宝『十便十宜図』で、清代の劇作家李漁（李笠翁）が、別荘伊園での生活をもとに記した詩をもとに、明和八年（一七七一）、名古屋の素封家・下郷学海の依頼によって作られている。

五十五歳になった蕪村は、師匠の宋阿が称していた「夜半亭」を継いで、「夜半亭二世」となり、卓越した画業に加えて、京都での俳諧点者として広く知られるようになる。

晩年の蕪村は、松尾芭蕉の後継者としての自意識に目覚めたかのように、芭蕉の追善供養の句会開催に携わりつつ、金福寺境内における芭蕉庵再建へと全力を傾注していく。

『洛東芭蕉庵再興ノ記』は、庵の再建を祈願するために蕪村によって書かれたものである。松尾芭蕉が遺した俳文のなかでも秀逸とされる大津の国分山の『幻住庵の記』に倣って記された文章は、随所に俳諧や漢籍の素養が生かされた風格ある内容となっており、芭蕉庵の再興に期する蕪村の並々ならぬ思いが込められている。

再興ノ記が作られて五年後の蕪村六十六歳の夏、念願であった「洛東芭蕉庵」が完成する。蕪村は、この間の三年あまりを費やして、『野ざらし紀行』や『おくのほそ道』などの芭蕉の旅を素材にして、画巻や屏風を描いている。その当時は、芭蕉の百回忌が近づいていたこともあって、芭蕉懐古、蕉風回帰の風潮が世上に満ちていたのである。蕪村は、長年蓄積してきた技を駆使して、芭蕉を顕彰するための画巻の制作に没頭する。

『奥の細道画巻』は、全部で十巻描かれたとされるが、現存しているのは三巻のみで、飄々とした書体の『おくのほそ道』の紀行文のあいだに、蕪村が大成させた草画(俳画)がほどよく配され、軽妙な線と透明な色彩感が漂っている。芭蕉が記した「文」を「書」で表し、この中に「画」を添えるという新たな技法で芭蕉の旅を再現しようとしたのである。画巻を通して、実際には、七十年あまりの隔たりがあった芭蕉と蕪村の世界が、ひとつに融合し完成を見たのである。

芭蕉庵が出来上がった後、最晩年を迎えようとしていた与謝蕪村は、『芭蕉翁像図』を描くとともに、大津膳所の義仲寺に再建されていた幻住庵や、金福寺で催された芭蕉追善句会を後援するなど、芭蕉との関わりをさらに深めようする。

天明三年(一七八三)十二月、蕪村は、六十八歳で没する。後継を託されたのは、絵画に秀でていた呉月渓(呉春)と、俳諧においては几董であった。月渓は、後に後継者としての立場を離脱することになるが、墓は、後事を託された縁そのままに、金福寺の蕪村の隣に寄り添うように建てられている。

蕪村が憧れ続けた存在であった松尾芭蕉は、寛永二十一年(一六四四)に伊賀上野に生まれ、墓所は、大津膳所の義仲寺境内にある。片雲漂泊の旅を人生の友とした芭蕉は、「俳諧は新しきを花とする」という信念のもと、「わびさび」、「しほり」、さらには「軽み」といった俳諧道を生涯かけて求め続けている。「情」を旨とし、ひたむきな推敲と内面へと錐で突き進むような鋭い感覚から生み出された多くの俳句(発句)は、他者の追随を許すことなく、「芭蕉の先に芭蕉なく、芭蕉の後に芭蕉なし」と言われている。

二十九歳の年に、江戸へと下った芭蕉は、水道工事などに従事しながら、俳諧宗匠としての立机興行を成して名を上げ、新興の蕉門俳諧を確立する。しかしながら、点取俳諧をもとにした日々の暮らしに安住することなく、常に新たな句境をめざした芭蕉は、四十歳を越えると、『野ざらし紀行』をはじめ、『鹿島紀行』、『笈の小文』、『更級紀行』などの多くの旅に明け暮れ、やがて、その集大成となる『おくのほそ道』の旅へと辿り着く。

そうした旅のなかで、琵琶湖畔の大津の地をこよなく愛した芭蕉は、九回に及ぶ滞在を果たしている。当時の大津は、丸子船などの湖上水運によって、京都に運ばれる北陸の米などをはじめとする諸物資が集積し、流通経済の繁栄を享受していた。経済的な潤いは、庶民の生活文化の向上にもつながり、大津における蕉門俳諧では、菅沼曲水、水田正秀、浜田洒堂、川井智月・乙州といった門人を輩出している。

芭蕉は、大津を舞台に、『幻住庵の記』、『洒落堂の記』、『堅田十六夜の弁』の三つの名高い俳文を記しているが、これらは居心地の良い門人たちとの、長年にわたる心温まる交流をもとに生み出されたのであった。

このうち、「石山の奥、岩間のうしろに山あり、国分山といふ……」で始まる『幻住庵の記』は、河合曽良と辿った『おくのほそ道』の長旅を無事に終えた翌年の元禄三年（一六九〇）初夏に曲水に提供された大津国分山の幻住庵での生活のようすや、芭蕉が俳諧道にかけてきた生涯を格調高い文章で述懐したもので、芭蕉俳文の最高傑作とされている。

大津を「故郷のごとく」と親しんだ松尾芭蕉は、定宿としていた無名庵があった義仲寺を、いつしか自分の終の棲家としたいと考えるようになり、生前から大津の門人たちにも話していたという。

元禄七年十月十二日の午後、大阪の南御堂近くの花屋仁右衛門の貸座敷で五十一歳の生涯を終えた芭蕉の亡骸は、その夜のうちに、淀川を伏見まで運ばれ、翌日の昼過ぎに義仲寺に着き、そのあくる日の真夜中に埋葬されている。

本来ならば、生まれ故郷の伊賀上野に葬られるのであろうが、あまりにも手際よく大津の義仲寺に運ばれた背景には、芭蕉の遺言を叶えさせようとした大津の門人たちの強い意図があったのではあるまいか。

こうして、大津の地は、芭蕉自らの意思で選んだ「東西の巷、さざなみきよき渚のほとりの永遠の故郷」となった。

蕪村と芭蕉の俳諧

蕪村は、二十二歳のときに、江戸の夜半亭宋阿（早野巴人）に弟子入りして俳諧を学び始めたが、ほどなく師匠が没したため、絵画（南画）への関心を深めて行く。絵画での名声を得た後は、夜半亭二世を名乗り、芭蕉亡き後百年近くを経て沈滞しつつあった蕉風俳諧の復興へと情熱を傾けていく。芭蕉を意識においた晩年の句作が蕪村俳諧の爛熟期とされている。

芭蕉と蕪村に共通しているのは、漢籍や唐詩といった中国や我国の古典にかかる豊かな素養を踏まえた作風である。

芭蕉は、そうしたものを糧に、新しい俳諧の展開を幾度も試み、度重なる推敲を加えながら、厳しいまでに内面深くへと沈潜する句をうめくがごとくひねり出していった。芭蕉の哲学的、思索的ともいえる作風からは、『おくのほそ道』の文中で、「百代の過客」と表した「歳月」とともに行き交う人間への絶えざる観照と追求の姿が伝わってくる。

一方、蕪村は、長年培った絵画的な表現をもとに、言葉の中に風景描写を見るがごとく、雄大かつ色彩的な広がりを感じさせる句を多く残しており、そのなかに隠された機知やユーモアさえも伝わってくる。蕪村は、俳句の傍らに添えられていた草画を、今日見られる俳画へと発展させたといわれているが、句作においても、絵筆を持つのと同じく、文字や色彩が遠近感とともに描き出されたのではなかろうか。

蕪村と芭蕉は、それぞれに近江において幾つかの俳句を残している。必ずしも同じ場所や同じ季節に詠まれたものではないが、二人の句を対峙させて味わってみると、より鮮やかで新たな世界がみえてくる。

しののめや露の近江の麻畠　　蕪村

行く春を近江の人と惜しみける　　芭蕉

琵琶湖をその真ん中に置く近江の大気は、やはらかな水蒸気に満ちている。適度に湿度を含んでいるこの自然環境こそ、無意識のうちに、近江の人々の心に潤いをもたらし、豊かな風土を形成してきたといえる。

蕪村の句にある露は、はかなさのそれではなく、夜明けの近江の景色としてとらえている。「露が多い」のは、「露の近江」に懸けられているが、その潤いゆえに、麻の爽快な生長がある。古くから近江の麻は名産とされ、近江上布が知られている。

芭蕉の主眼は、「近江の人」にある。「近江」ではなく、「丹波」に置き換えてもいいのではとの門人の尚白の問いが『去来抄』に載せられているが、叙情あふれる「近江」の春なればこそ、と芭蕉は答えている。潤いに満ちた琵琶湖の春、古来より多くの歌人が親しんだ近江の豊穣な風土を、意識下に強く捉えている。

三井寺や日は午にせまる若楓　　蕪村
三井寺の門敲かばや今日の月　　芭蕉

ともに三井寺を句題にしながらも、両者における作風の違いは明らかである。

蕪村は、若葉の萌え盛るなか、琵琶湖を望む三井寺（園城寺）の境内に佇んでいる。正午近くになって、頭上から降り注ぐ初夏の日差しは、緑成す楓の若葉の陰陽を鮮やかに映し出し、生き生きとした景色を見せ始める。眼下に煌めく湖面や大津の街を暗喩に、色彩的感覚で詠み出された光景は、画家蕪村を彷彿とさせる。

芭蕉の三井寺の句は心象風景で、義仲寺の無名庵での月見の席で詠まれている。折からの仲秋の名月のもと、僧形（芭蕉自身であろうか）の人物が、月明かりの三井寺の山門を敲いており、煌々とした月光と静寂のなかで、門を敲く音だけが響き渡っている。

中唐の詩人、賈島の「鳥は眠る池辺の樹、僧は敲く月下の門……」を踏まえているが、賈島は、一字一句の彫啄に精魂を傾けた、いわゆる苦吟派の詩人で、この詩は、「推敲」の語源として有名である。多くの門人に囲まれた賑やかな月見の宴に座しながらも、芭蕉の思いは、時空を超えた異次元の世界を求めてひとり漂っている。

丸盆の椎にむかしの音聞かむ　　　蕪村
先ず頼む椎の木もあり夏木立　　　芭蕉

安永八年（一七七九）九月、蕪村は、弟子の几董を伴い義仲寺境内の幻住庵に暁台と臥央を訪ねている。ここには、国分山にあった芭蕉ゆかりの椎の木も移されていたという。簡素な丸盆に椎の実が置かれている。蕪村は、その乾いた音を聞きながら往時のことを偲んでいる。挨拶句でありながらも、「むかしの音」には、蕉風復興をめざそうとしていた晩年の蕪村の心意気が込められている。

芭蕉は、この句で『幻住庵の記』を結んでいる。「幻のこの世に住まいしつつ、何はともあれ、先ずは椎の木を頼りにすることだ」と、軽く添えはしているが、『幻住庵の記』に託そうとした芭蕉の俳諧道への強い思いが凝縮されている。

句は、芭蕉が憧れた西行法師の和歌

ならび居て友を離れぬこがらめの塒《ねぐら》に頼む椎の下枝

を踏まえているが、芭蕉が滞在していた大津の国分山の幻住庵跡には、今も椎の大木が何本も生い茂っている。

秋寒し藤太が鏑ひびく時　　蕪村

比良三上雪さしわたせ鷺の橋　　　芭蕉

蕪村の句には、「三井寺の山より三上山を望みて」との前書がある。晩秋の琵琶湖を隔てた近江の秀峰三上山を眺めながら、瀬田の唐橋における藤原藤太秀郷の百足退治の伝説を思い浮かべている蕪村の姿がある。あたかもその瞬間に立ち会っていたかのごとく、煌びやかな鎧を纏った藤太が力いっぱい引き絞った鏑矢が、秋冷の大気を鋭く引き裂き、うなりをあげながら飛び去って行く。伝承世界の出来事に思いを巡らし、それを鏑矢の一瞬の音に仮託した臨場感あふれる句となっている。

芭蕉は、琵琶湖を真ん中に、雪の比良と三上山を対峙させ、その間に「白鷺の橋」を差し渡せと詠んでいる。「鷺の橋」は、七夕の宵に、牽牛と織女を会わせるために、天の川に渡される「鵲の橋」を想起させるが、実景を踏まえたうえでの雄大なスケールの句としている。

門を出れば我も行く人秋の暮　　　蕪村

この道や行く人なしに秋の暮　　　芭蕉

晩年の蕪村は、蕉風俳諧を自らの手で復興しようと一念発起し行動している。巴人に入門した当時の蕪村にとって、俳諧道における芭蕉の存在は、遥か遠いものであった。遍歴十年を経た後における宮津での画業修業への専念は、突き詰めれば、俳諧から逃れようとするものであったのかも知れない。

やがて、卓越した画業を認められるようになった蕪村は、夜半亭二世を継ぐとともに、洛東芭蕉庵の再建など、芭蕉へと傾注していく。画業という遠回りを経たうえでの芭蕉への回帰である。両者ともに、「秋の暮」と詠みながらも、それぞれの捉え方には大きな隔たりがみられる。

蕪村は、我が家の門を出て、自らが道ゆく旅人のひとりとなって秋の暮を迎えようとしている。芭蕉のめざしていた「俳諧道」を復興しようとしていた蕪村であったが、芭蕉の「秋の暮」の句の意味を十分に咀嚼したうえで、敢えて、自分自身は門を出て道をゆく人々のひとりに過ぎないとしている。「この道」の探求に生涯こだわり続けた芭蕉と、「この道」に芭蕉が託したものを斟酌しながらも、敢えて道ゆくひとりに過ぎないと言い放った蕪村の心境が寄せられている。

芭蕉の句が作られたのは、大阪で亡くなる二十日ほど前の九月下旬である。伊賀上野から大阪までの旅において急激な体の衰えを覚え、自らの最期を悟ったためなのか、伊賀の門人の窪田意専、服部土芳と膳所の菅沼曲水に、今生の別れともいえる手紙を認めている。そのいずれの文末にも、「この道を行く人なしに秋の暮」の句が添えられている。

曲水への手紙には、当初は、「人声やこの道かへる秋の暮」であったと記されている。芭蕉は、病床にあってもさらなる推敲を加えて、描写的な表現である「この道を」から、胸中の思いを吐露するかのように「この道や」へと発展させている。「を」を「や」へと、叙情的に変化させることを通じて、晩年の境地である「軽み」の芸境へと進化させようと試みたのである。芭蕉にとっての「この道」とは、彫心鏤骨の思いで生涯をかけて歩んできた俳諧道であった。

迫り来る壮絶な孤独感に自らを置きながらも、芭蕉自身の胸中は、親しい門人たちに対して、決して「この道」を絶やすことなく続けてくれることを切望していたのである。この句を手紙の最後に添え置いた芭蕉の心境は、いかばかりであったであろうか。

尽きせぬ夢

蕪村には、画家と俳人という二つの足跡が残されているが、池大雅とともに南画（文人画）界の双璧とされ、併せて草画から俳画を完成させるという輝かしい業績に比べて、俳人としての顕著な活動は、晩年の十年あまりであった。

青年期に俳諧を志した蕪村は、絵画も描くようになるが、やがて画業を中心として、壮年期にかけて、自らが編み出した画風をもとに卓越した作品を数多く残している。

しかしながら、晩年に入ると、当時、盛んになっていた蕉風復興の機運に応じるかのように、再び俳諧への比重を高めていく。さらには、和漢三体（発句体、楽府体、漢文訓読体）を配した「絵画的俳詩」である『春風馬堤ノ曲』も創作している。晩年の画業においては、それまでの南画から、『奥の細道画巻』に見られるような俳画世界へと新たな画風が加わっていく。

蕪村は、絵画と俳諧という異なる芸術分野において自らが会得したものを、それぞれ個別に留めることなく、絵画表現には俳諧の心を、俳諧表現には絵画の技法を取り入れ、相乗効果をもたらせようと試みたのである。絵画と俳諧という二通りの色彩を保ちながら、互いを融合させて共に輝かせるという、類まれなる天賦の才を兼ね備えていたといえよう。

京都洛東の金福寺には蕪村、近江膳所の義仲寺には芭蕉が眠っている。比叡山を真ん中に、蕪村と芭蕉が背中合わせに眠っているという事実は、それが偶然とはいえ、芭蕉に憧れて蕉風復興をめざした蕪村の、未だ尽きせぬ夢を象徴しているのではなかろうか。

龍馬の手紙

幕末期に、近代的国家造りをめざして東奔西走の活躍をしていた坂本龍馬が、京都河原町四条にあった土佐藩御用達の醤油商、近江屋新助宅の二階奥の部屋において暗殺されたのは、慶応三年(一八六七)十一月十五日の夜半であった。

おりから風邪気味で体調が思わしくなかった龍馬は、用意周到に準備された暗殺者の小太刀をまともに受けて、十六日の未明に絶命する。

たまたま居合わせた盟友の陸援隊長中岡慎太郎も斬られるが、しばらくは生きていて、かけつけてきた仲間たちに凶行の仔細を語った後、十七日の夕刻に息絶える。

龍馬が発案した大政奉還が実現した翌月のことで、江戸から明治へと時代の歯車が大きく回り出そうとする、わずか一年前の出来事であった。

当時、龍馬を襲さんと狙っていたのは、幕府方の新選組や見廻組であったが、今日では、佐々木只三郎の指揮の下、桂早之助ら数名の見廻組の者で実行されたとされている。

天井の低い近江屋の二階の室内を見越して用いられたのは、長さ四十センチメートルの小太刀（銘越後守包貞）であった。

座ったまま刀を抜き放って斬りつけた桂の一瞬の早業に、龍馬は、高杉晋作から贈られたピストル（SW型）に手をかける間もなく、最初は頭部を横なぎにされ、続いて後ろから小袈裟に、ついには額深く刀身を押し込まれての壮絶な最期であった。

この時に使用されたという小太刀が、京都霊山歴史館に展示されているが、刃先にかけて幾つもの刃毀れが見られ、襲撃の際のすさまじさを留めている。

土佐においては小栗流を収め、江戸では北辰一刀流千葉道場で修行した免許皆伝の使い手で、かつ平素から六連発のピストルを離すことのなかった龍馬に対する暗殺行為が、あまりにも段取り良く鮮やかな手口で行われたため、首謀者に関しては、新選組や見廻組などの幕府方だけではなく、薩摩藩あるいは土佐藩による陰謀説まで残されている。薩摩藩の関与は、徳川幕府から朝廷へ、無血での政権交代をめざしていた龍馬の存在を疎んじてのことであったとされる。

坂本龍馬と中岡慎太郎の墓は、二人が活躍した京都の街を一望できる霊山の中腹に仲良く並ぶように建てられていて、今日でも多くの人々が訪れ、両雄が遺した足跡へと思いを馳せている。

激動の時代の風雲児として。幕末を駆け抜けていった龍馬であったが、短い生涯のうち、土佐藩の脱藩後を中心に、郷里土佐の姉の乙女などに宛てた百三十通あまりの手紙が現存している。

平成十七年（二〇〇五）年の盛夏、京都国立博物館において、そうした龍馬の手紙をテーマにした坂本龍馬生誕一七〇年記念の特別展覧会『龍馬の翔けた時代』が開催された。

そこに展示されていた龍馬の手紙からは、比喩や諧謔さを交えつつ自由奔放に展開される内容とともに、リズミカルに書き進められる書としての面白さが伝わってきた。

残された手紙のうち初期のものとしては、脱藩して一年後の文久三年（一八六三）三月二十日付けで、乙女に宛てられている。

「そもそも人間の一生は合点が行かないのは元よりのこと……私などは、運が強く、死ぬような場でも死なず、自分で死のうと思ってもまた生きないといけない事になり、日本第一の人物勝麟太郎殿という人の弟子になり……国のため天下のため力を尽くしております……」と綴られている。

人生はわからないと書き出すものの、自らは強運の持ち主であり、勝海舟の弟子として活躍して天下国家のために尽力すると自慢げに書くあたりに、龍馬の奔放さがにじみ出ている。海舟のことを記す前に墨を継ぎ、小気味良く一気に書き上げられている。

龍馬の書き残した最も有名な言葉である『日本を今一度洗濯いたし申候事』は、文久三年六月二十九日付けの乙女宛の三・三メートルにも及ぶ長文の書状に中に見られる。

「極大事の手紙であるからして、他人にしゃべらないように……」との但し書きに始まり、五月の長州藩による外国船砲撃と、それによって損傷した船がこともあろう江戸で修理されているという矛盾を憤り、朝廷中心の国造りをしたいとの気持ちを、国を洗濯するという比喩で述べている。

当時、龍馬は、勝海舟の弟子として、幕府の神戸海軍操練所の創設に関わりながらも、一方では、開明的な海舟の影響もあって、新たな国造りを思考していた様子も窺える。

また、反体制的な内容を含んでいた手紙でありながらも、国元の姉に無事に届いている事実からは、京都と土佐との手紙の往来手段が確立されていたことがわかる。

日本を今一度洗濯したいと書かれている手紙は、その半ばあたりで内容が変わり、それ以前に乙女が龍馬に出家したいと記した手紙への返事へと移っていく。

そこでは、乙女の出家願望を受け流すかのように、『ハイハイエヘンをも白き……』と書き出し、騒がしい世間ではあるが、ボロ袈裟衣を着て真言や阿弥陀経などを唱えれば、長崎から蝦夷地までの旅が、たとえ道中銀（路銀）がなくとも実現が可能であると書き、『おもしろや、おかしや』とつなぎながらも終わりでは、諸国行脚はひとりでは恐ろしいと、やんわりと諌めている。医師の岡上樹庵と離別した後の乙女の複雑な胸中を汲みつつ

郵　便　は　が　き

お手数なが
ら切手をお
貼り下さい

５　２　２－０　０　０　４

滋賀県彦根市鳥居本町655－1

サンライズ出版 行

〒
■ご住所

■お名前《ふりがな》　　■年齢　　歳　男・女

■お電話　　■ご職業

■自費出版資料を　　希望する・希望しない

■図書目録の送付を　　希望する・希望しない

サンライズ出版では、お客様のご了解を得た上で、ご記入いただいた個人情報を、今後の出版企画の参考にさせていただくとともに、愛読者名簿に登録させていただいております。名簿は、当社の刊行物、企画、催しなどのご案内のために利用し、その他の目的では一切利用いたしません（上記業務の一部を外部に委託する場合があります）。

【個人情報の取り扱いおよび開示等に関するお問い合わせ先】
サンライズ出版 編集部　TEL.0749-22-0627

■愛読者名簿に登録してよろしいですか。　□はい　□いいえ

ご記入がないものは「いいえ」として扱わせていただきます。

愛読者カード

ご購読ありがとうございました。今後の出版企画の参考にさせていただきますので、ぜひご意見をお聞かせください。なお、お答えいただきましたデータは出版企画の資料以外には使用いたしません。

●書名

●お買い求めの書店名（所在地）

●本書をお求めになった動機に○印をお付けください。

1．書店でみて　2．広告をみて（新聞·雑誌名　　　　　）
3．書評をみて（新聞·雑誌名　　　　　）
4．新刊案内をみて　5．当社ホームページをみて
6．その他(　　　　　)

●本書についてのご意見・ご感想

購入申込書

小社へ直接ご注文の際ご利用ください。
お買上 2,000 円以上は送料無料です。

書名　　　　　（　　　冊）

書名　　　　　（　　　冊）

書名　　　　　（　　　冊）

も、龍馬一流の冗談とも本音ともとれる気持ちが飄然と述べられている。手紙の後段では、龍馬自身のことに触れ、「私がひとりで天下を動かそうとするのは天命であって、なかなか死なないつもりだが、長くは生きるとは思ってもらいたくない」と、自分の人生への覚悟ともとれる内容へと一変する。

急変する幕末情勢や天下国家への大望、姉の境遇への思いやりや自分自身の生き方などを、次々と展開していく卓越した思考力とそれを表現する筆力から、当時の龍馬の心情が生き生きと伝わってくる。

この手紙を書いた翌年、龍馬は、京都の医師楢崎将作の長女のお龍と運命的な出会いをする。

慶応元年(一八六五)九月九日付けで、伏見の寺田屋にいた龍馬から乙女に宛てられた手紙には、お龍の人柄や家族構成が紹介されている。そこには、お龍の父親が病死した後、生活に困窮していた母親が騙されて妹のひとりが大坂に身売りされたのを、お龍が命懸けで取り戻してきたという男勝りの武勇伝が記されている。併せて、月琴を弾くお龍の一面も述べられていて、龍馬が世話になっているお龍だから本や帯、着物を買ってやってほしいと、乙女に頼んでいる。

慶応二年一月二十三日の午前三時頃、その二日前に、西郷隆盛と桂小五郎とを介して薩長同盟を結ばせたばかりの龍馬は、寺田屋において長州藩士の三吉慎蔵とともに、伏見奉行所から押し寄せた数十人余りの捕吏の襲撃を受ける。

おりしも入浴中であったお龍が、真っ先に気付いて風呂場から二階へと駆け上がり、龍馬らに襲撃を知らせたため、ピストルなどを使った迅速な応戦ができ、両手に刀傷を負ったもののその場を脱出し命拾いをする。

あたかも襲撃現場の実況中継を見ているような、捕吏と闘う龍馬らの緊迫感あふれる様子は、同年暮れの十二月四日付けで龍馬から父権平に宛てられた手紙に綴られている。ルポライターの筆になるかのような詳細な記述からは、混乱する事件現場に遭遇しながらも、沈着冷静に対応している龍馬の姿が浮かび上がってくる。

また、同日付けで乙女に宛てられた手紙も残されている。書き出しでは、お龍を妻として紹介し、お龍の寺田屋お登勢に預けてあることやお龍がいたからこそ一月二十三日の寺田屋襲撃の際にも生命が助かったと記している。続いて、龍馬の傷を癒すために、三月にお龍とともに、大坂から蒸気船で長崎を経て十日に鹿児島へ至り、その後、四月初めまで療養を兼ねて霧島周辺の温泉に滞在し、霧島山へも登ったという旅の様子が綴られている。（これが、我国最初の新婚旅行の記述であるとされている。）手紙の半ばあたりには、旅行ガイドよろしく、龍馬の手で霧島山の姿が描かれ、登山行程は朱線で示されていて、要所をイ、ロ、ハ、ニに分けて、それぞれの場所の詳細を付記している。麓からの登山路は、予想以上に荒れていて、とりわけ女性のお龍には、ことのほか厳しいものであったようである。二人で山頂へと「はるばるよじのぼり」、『天の逆鉾』を引き抜いてみて、また元どおりにしたと書かれている。

天孫降臨の逸話がある霧島山の頂に差込まれていた『天の逆鉾』の天狗顔の正面や横のスケッチまでも載せられている。龍馬らが登ったのは、五月中旬で、下山途中、龍馬とお龍は、朱に染められた霧島つつじを目にしている。霧島山へと登った二人の旅は、激変する幕末にあって、龍馬とお龍のわずかばかりの平穏な日々があったことを偲ばせる。

龍馬が、脱藩後の五年間に書いた手紙のうち、身内では姉乙女に宛てたものが多く残されている。それらを読んでみると、母親代わりに育てられたということもあって、天下国家を相手にしながらも、姉への限りない愛情が自然な感情として綴られている。

手紙に残されている軽快な筆跡からは、相手に語りかけるように寸暇を惜しんで筆を走らせていた龍馬の姿が彷彿とし、雄弁家でありながらも優れた表現力を備えた消息(手紙)書きであったひとりの人間としての坂本龍馬を今に伝えている。

最後の大阪大空襲　〜昭和二十年八月十四日〜

人生においては、「岐路」と呼べるような出来事がひとつやふたつあるという。それが生死を分かつような経験であるならば、「九死に一生を得た」とか「やれやれ命拾いをした」と、大いに安堵するであろうが、時には、その後の人生に少なからぬ影響を与えることがある。

父は、大正六年（一九一七）八月十四日に生まれた。大阪の西野田工業学校を出た父は、徴兵検査を受けて召集され、千葉にあった陸軍近衛兵団所属の鉄道第一連隊に入隊して、鉄道業務にかかる厳しい訓練を受けた後、昭和十四年（一九三九）春から昭和十八年（一九四三）十二月まで、鉄道兵として中国の南昌などの華中戦線で実戦を経験する。

そのさなかの、昭和十七年（一九四二）四月十八日、日本近海の太平洋上の空母ホーネットを発艦して、東京や名古屋など日本本土を初空襲したドゥーリットル爆撃隊は、その後、中国本土へと逃れたが、揚子江沿いの南昌にいた父たちの部隊は、燃料切れで墜落したB25中型爆撃機の残骸を内地に搬送する業務にも携わっている。

送られた飛行機の残骸は、靖国神社に展示され、空襲した敵機を「撃墜」したと喧伝され、戦意高揚に利用されたという。

軍隊を除隊後は、大阪にあった陸軍造兵廠に勤務する。住んでいた大阪市街地への焼夷弾等による夜間空襲は、昭和二十年三月十三日から度々繰り返されたが、無事に生き延びて終戦前日の運命的な八月十四日を迎えている。

平成二十年(二〇〇八)四月上旬、おりしも桜が満開の季節を迎えていた日の朝、兄とともに大阪へと向かい、大阪城公園駅を経て目的地の森ノ宮駅に降り立った。

大阪環状線は、大部分が高架軌道となっているが、かつての大阪鉄道城東線のうち、京橋駅から森ノ宮駅までの区間は、地上に敷設された線路上を走行している。

現在は、大阪ビジネスパークや大阪城ホール、JR森ノ宮電車区となっているあたり一帯は、戦前、大阪砲兵工廠〔昭和十五年(一九四〇)四月、大阪陸軍造兵廠に名称が変更され、終戦に至る。〕の建物が林立し、走行する電車の窓からこれらを遮蔽するため、線路沿いに高い煉瓦塀が設けられていた。

父は平成七年(一九九五)にこの世を去ったが、戦時中の陸軍造兵廠で経験した事柄については、断片的な会話としてしか聞かされておらず、終戦後、故郷の滋賀の地に戻ってから、父とともに大阪を訪れた記憶はない。恐らく、父自身も、大阪を訪れようとは思わなかったに違いない。

戦後六十余年を経た春の一日、かつて父が目にしたであろう当時の光景の断片を、兄弟二人で辿ってみようと思い立ったのである。いわば、父が生きた足跡を辿る旅であった。森ノ宮駅から大阪城方面へと、しばらく歩いたところが、「ピースおおさか」（大阪国際平和センター）で、この地は、陸軍造兵廠の診療所があった跡地にあたる。

「ピースおおさか」は、第二次世界大戦末期、大阪を目標に行われた五十回もの空襲による物的、人的被害を記録に留めるとともに、戦争がもたらす悲惨さと、平和の尊さを後世まで末永く伝えようと建てられた施設である。

最初の展示室に入ると、空襲による火災で焼け焦げた自転車や、爆撃の衝撃で折れ曲がった造兵廠の鉄骨の一部とともに、焼け野原となった大阪の中心市街地のようすが、再現ジオラマや記録フィルムで紹介されている。

その傍らには、米軍が、空襲の際に建物破壊を目的に使用した二千ポンド汎用爆弾（通称一トン爆弾）や焦土作戦用に使用されたM69油脂焼夷弾の実物大の模型が置かれていた。一トン爆弾は、長さ約二メートル、直径六十センチほどで、爆発すると、百メートル範囲内の建造物はたちまちに破壊され、人々が即死あるいは負傷する範囲は、五百メートル範囲内にまで及んだという残虐兵器で、戦争に関わりのない一般住民をも攻撃対象とするいわば無差別兵器であった。

冷たく精巧な重量感を湛えている一トン爆弾を見上げていると、模型であるとは知りながらも、その威力の凄まじさに、今にも爆発するのではないかとの恐怖感に襲われた。空の要塞と称されたＢ29戦略爆撃機には、通常四、五個の一トン爆弾が搭載されていた。

油脂焼夷弾は、木造家屋が大半を占めていた我国への効果的な戦略攻撃兵器として、米軍によって研究開発され実用化されたもので、焼夷弾そのものの大きさは、直径八センチ、長さ五十センチ程度であるが、実際の空襲においては、これを四十八発（あるいは、三十八発）束ねたクラスター爆弾の一種の、集束焼夷弾（通称「モロトフのパン籠」）として、高度約七百メートルから投下したのであった。可燃性の高いナパーム剤（ナフサとパーム油等を原料とする）が詰められた焼夷弾は、パン籠から空中にばら撒かれるが、安定を図るため弾尾に付けられた麻布製のリボンが燃えて、さながら華麗な花火のようにはじけ散って落下し、瓦屋根を突き抜けて建物内部で発火して火災を発生させるのである。高速度で落ちてくる焼夷弾の中には、直接人体に突き刺さり、そのまま炎上するものもあったという。

大阪空襲での死亡者は、約一万三千名とされるが、一家全滅などもあって、実際の犠牲者の数は把握しきれていない。戦後の調査を含めて現在判明している九千余名の名前が、施設内の「刻の庭」にあるブロンズ製の銘板に彫られ、この世に存在していた命の証しと、平和であることの大切さを無言で訴え続けている。

空襲の中でも、百機以上のB29爆撃機によるものは、「大空襲」と呼ばれ、昭和二十年三月十三日の深夜から翌十四日未明までの第一回に始まり、六月一日、七日、十五日、二十六日、七月十日、二十四日、そして終戦前日の八月十四日まで、八回行われた。

最初のうちは、大部分が焼夷弾によるものであったが、焦土作戦の進捗とともに、攻撃目標は、軍事施設などに移され、それとともに一トン爆弾が使用されていく。昼間爆撃においては、爆撃機護衛のため硫黄島から飛来してきたP51ムスタング戦闘機による低空からの機銃掃射も行われ、淀川沿いの城北公園に避難していた数百名の住民をはじめ、数多くの人名が失われている。

内堀に沿って植えられている桜並木の下を、大手門から天守閣へと向かう。途中、本丸の石垣の間から西の丸にかけて、空堀に渡された二本の配水管が見られた。明治時代半ばに天守台の真下の小高い場所に設けられた大手前配水場から、市域に給水している配水管で、大阪砲兵工廠で造られたものである。

天守閣の近隣には、先年まで大阪市立博物館として使われていた旧陸軍第四師団司令部庁舎が現存している。天守閣の再建と同じ昭和六年（一九三一）に竣工された鉄筋コンクリート造りの三階建てで、重厚な外観は、当時の雰囲気をそのまま伝えている。

天守閣は、度々の空襲にもかかわらず、奇跡的にも焼失を免れている。一説には、大阪方面の空襲のために海上から進入してくる米軍機の目標物として、敢えて攻撃を避けたために残ったともいわれている。

とは言っても、無傷のままであったわけではなく、屋根に何発もの焼夷弾を受けるとともに、天守台の西南隅と東北隅の石垣は、一トン爆弾の至近弾によって、石積みの配列が大きく歪められ、基底部付近は、爆発によって白く変色したままである。

天守閣を下り、大阪夏の陣において、豊臣秀頼とその母の淀の方が自害したといわれる山里曲輪跡へと至る間の石垣の裾は、戦闘機による機銃掃射の弾痕で抉られている。

逃げ惑う人を見つけて狙ったのか、あるいは、天守閣を仮想標的にした攻撃を試みたのか、機銃弾が刻んだ痕跡は、半世紀以上の歳月を経た現在もなお、くっきりと残されていて、戦争が行われていたという確かな事実を無言で伝えている。

青屋門跡から内堀の橋を渡り、大阪城ホールの隣を流れる平野川のほとりに立つと、陸軍造兵廠に資材を運び入れていた花崗岩造りのアーチ型水門が優美な姿を見せている。水門を左手に、天満橋方面へと辿り、寝屋川に架かっている京橋近くまで来ると、赤レンガ造のネオ・ルネッサンス風の二階建ての旧化学分析場の建物と、その傍らに守衛所が往時のままに残されている。レンガが脱落したり、破損した壁なども痛々しいが、これといった保存運動もなされておらず、いずれ崩壊するか、取り壊されてしまうのではなかろうかと思われた。陸軍造兵廠の広大な跡地のなかに、当時のまま残されているわずかな建物や空襲の痕跡は、やがて歴史のなかに埋没し、人々の記憶から消し去られようとしている。

記憶の風化とともに、この地に生きていた人々の存在や悲惨な戦争があった真摯な事実されも忘却されてしまうのであろうか。

陸軍造兵廠は、我国随一の大口径火砲の製造拠点で、火砲、戦車、弾薬類の開発研究や製造を行うため、六百万平方メートル（甲子園球場の約百六十倍）という広大な敷地に、数多くの施設が建てられ、終戦当時には、軍人や工員とともに、労働者不足を補うための勤労動員学徒など、約六万四千人の人々が働いていたという。

戦争継続とともに、鉄などの資材が足らなくなるなか、終戦の前年からは、「ふ号兵器」と称された「風船爆弾」も製造されていたと、父に聞いたことがある。

「風船爆弾」は、五層の和紙をコンニャク糊で貼り合わせて作られた、直径約十メートルの気球に水素ガスを充填し、冬季のジェット気流（偏西風）を利用して、小型爆弾か焼夷弾を吊り下げて、千葉や茨城の基地から放球して、アメリカ本土を攻撃しようと考案された陸軍の「秘密新兵器」であった。

記録によれば、実際に九千個あまりの「風船爆弾」が、太平洋上へと発射されたが、アメリカ本土まで届いていたと確認されたのは、約三百個で、戦果としては、山火事を起こした程度であった。

東京、大阪などの大都市を目標に、何百機ものB29爆撃機が飛来し、大規模な空襲が繰り返されていたなか、我国からは、言わば風任せの「風船爆弾」に託したアメリカ本土空襲が、真面目な軍事作戦として行われていたのであった。

常備戦力は言うまでもなく、これらを支えている工業力、生産力など、国力全般における米国との大きな格差を、根拠無き精神論で覆い隠して始められた太平洋戦争であったが、終局段階となった広島と長崎への原子爆弾の投下やソ連の参戦に至っても、「国体の護持」に拘って、戦争終結への判断は引き伸ばされ、八月十四日の午前に開かれた御前会議での天皇自らの裁可によって、ようやくポツダム宣言受諾が決せられたのである。

この御前会議が済んでからしばらく後に、大阪は、最後の大空襲に曝される。ポツダム宣言の受諾を躊躇していた我国への恣意行動としてなされたもので、攻撃目標として陸軍造兵廠が選ばれ、B29爆撃機の大編隊による一トン爆弾等を用いた集中爆撃であった。

この前日の十三日、大阪の上空に偵察にやってきた米軍機から、日本語で書かれた次のような内容の爆撃予告ビラが撒かれた。

明日　十四日　大阪をくうしゅうします
このばくげきがさいごであります
一九四五年　Ｕ・Ｓ・Ａ

度重なる焼夷弾攻撃で、市域の大部分が焼かれ焦土と化していた大阪市街にあって、陸軍造兵廠だけは、六月、七月に小規模な空襲は受けていたものの、被害は少なく、ほとんど無傷のままに残されていた。

空襲当日の八月十四日、早朝五時から、太平洋上のサイパン島アイズレイ飛行場を次々に飛び立った百六十機のＢ29爆撃機は、四国の室戸岬の東方海上で集結し、徳島県東端の蒲生田岬を飛行転向点とし、和歌山県北西端の加太岬を進入点として、目標である造兵廠への航程に入り、爆弾投下後は、機首を右に転じて、奈良県境の生駒山上空から三重県尾鷲の大本付近を経て熊野灘に抜けるルートをとっている。昼間であったため、護衛戦闘機として、Ｐ51ムスタングなども多数参加している。

十四日の大阪は、前日に撒かれた爆撃予告ビラの一件もあって、未明から警戒警報や空襲警報が、頻発された。造兵廠では、この日の早朝に、動員学徒による義勇戦闘隊の結成式が行われたが、戦闘隊とは名ばかりの、大半が女子学生で編成されたものであった。

本土決戦に向けた義勇兵役法に基づく国民皆兵化への取り組みで、当然のことながら、兵器の供与もなく、精神論を旨とした戦闘隊であった。

空襲時の造兵廠では、直接攻撃目標にならない場合に発令される警戒警報時には、廠内退避（廠内にある防空壕に退避する）し、攻撃される場合に出される空襲警報時には、廠外退避すると取り決められていたが、当日は、これらが交互に出されたため、空襲警報が発令されても、多数の人々が、廠内に留まっていた。（空襲警報が出されても、空襲されるまでの間に、広大な敷地から出て他の避難場所まで逃れることは、実際として不可能であった。）

八月十四日の大阪大空襲での最初の悲劇は、造兵廠への本格的な空爆が行われる二時間程前に、隣接していた城東線京橋駅において、サイパン島から出撃した本隊とは異なる別働隊の二機のB29爆撃機によって引き起こされた。

午前十一時過ぎ、この二機から二発の一トン爆弾が造兵廠目がけて投下される。続いて落とされた二発が風に流されて隣接する京橋駅に落ち、このうちの一発が、構内の城東線の高架を貫通し、高架下に交差して通っていた片町線ホームを直撃して、大爆発する。

この爆発によって、空襲警報発令に伴って京橋駅構内に入線退避していた城東線の電車から高架下にある片町線ホームに避難していた千名近い乗客の生命が、一瞬のうちに失われている。

当時は、空襲などによる不慮の事態に備えて、氏名や住所などを書いた布裂を上着の胸に縫い付けていたが、遺体の損傷が激しかったために、身元が判明したのは、二百名ほどであったという。

炸裂した一トン爆弾の威力と無差別爆撃の残酷さを如実に物語っている。これが戦争の真実の姿であるにしても、犠牲者のほとんどが、無力な市民であったという事実を忘れてはならない。(戦後、有志の手によって、京橋駅南出口の前に、まず、無縁物供養のための慰霊碑が、後には阿弥陀如来像も建立され、毎年、爆撃のあった八月十四日に追悼法要が営まれている。)

造兵廠への本格的な爆撃は、午後一時から二時までの約一時間に渡って行われた。爆弾を投下するための進入高度は約七千メートルで、概ね十機ずつの編隊に分かれ、合計十六回もの爆撃が繰り返されている。

軍需施設としての機能を徹底的に破壊するために集中投下された爆弾の総トン数は七百トンで、それぞれの爆弾の弾頭と弾底には、建物を貫通した後、破壊するのに最も適した場所で爆発させるために、爆発時間をわずかばかり(千分の二十五秒)遅らせる延期信管が装着されてあった。

この空襲によって建物の八十五パーセントが破壊され、建物内部に留まっていた工員や勤労動員学徒は言うまでもなく、廠内の防空壕に待避していた人々の多くが、直撃した一トン爆弾の犠牲となった。機密厳重な軍需施設であったことやその翌日に終戦を迎えたため、犠牲者数は、千人とも数千人とも言われているが、詳細は不明のままである。

こうした犠牲者のなかに、父が含まれていても不思議ではない。もしそうであったならば、父の人生は、奇しくも満二十八歳の誕生日である八月十四日に、一トン爆弾が炸裂するなかで突然の終わりを告げ、その子どもである我々兄弟は、この世に存在していないこととなる。

父が生き残ったのは、全くの偶然であった。造兵廠での勤務に明け暮れていた父に、空襲の前日から、何ヶ月ぶりとなる休暇が与えられたのである。配給も滞り、不足がちになっていた食糧を求めて故郷の滋賀県へと戻っていた父は、十五日の朝から出勤する予定であったという。

たったこれだけの偶然が、父の人生の「岐路」となり、修羅場と化そうとしていた造兵廠から父の生命を拾い上げ、その次の世代である我々へと引き継がれたのである。

空襲の翌日、昭和二十年八月十五日の正午、父は、焼け焦げた鉄骨の残骸や粉々に砕け散ったレンガなどの瓦礫とともに、廠内のいたるところに一トン爆弾の大穴が穿たれ、爆死した工員仲間や動員生徒たちの遺体や人であったことさえ判別できかねない肉片が散乱しているなかで、生き残ったわずかな人々とともに、終戦を告げる天皇陛下の玉音放送を聞いている。

聞き終えてしばらくすると、誰からともなく、「ああ、ようやく戦争が終わったのや」という声が伝わり、やがて大いなる安堵感と、全身を震わすような、言いようのない喪失感が沸き上げてきたという。目の前に展開されている「死」の現実と、その傍らで突如として伝えられた「生」への安心感。時代の歯車とともに動いていたあらゆる事象が、この日を境に断ち切られ、すべてが異なる時代へと歩み出そうとしていた。

最後の大空襲があった八月十四日と終戦を迎えた翌八月十五日が、たった一日違いであったのを知ることもなく、容赦なく落とし続けられた爆弾の轟音とともに、大阪の地から多くの生命が消し去られたのである。

我が物顔に飛んできていた飛行機の姿が見られなくなった大空から降り注ぐ真夏の日差しのなかで、父の脳裏に去来していたものは、いったいどのような思いであったろうか。

戦後、故郷へと引き揚げた父は、陸軍造兵廠での出来事をほとんど語ることなく、再びこの地を訪れることもなかった。父の手元には、油の浸み込んだジュート製の布に包まれたノギスや内径コンパスなどとともに、数メートルほどの絹製の紐（パラシュートに使われたものであろう）が残されていた。

それらは、陸軍造兵廠のおける思い出につながる品物であったが、そこでの出来事については、八月十四日の大空襲で壊滅した建物の姿とともに、父の記憶になかに封印されていたに違いない。

廃墟と化した造兵廠の広大な敷地には多くの不発弾が残されていたため、その後、二十年以上も放置されたままとなった。

こうしたなか、戦後の高度成長へと向かって鉄の需要が高まるとともに、夜陰に紛れて川を横切って敷地に侵入し、残骸となった建物から古鉄を持ち出そうとする通称「森之宮アパッチ族」と呼ばれた集団が現われ、一世を風靡する。

一時は、二千人以上とも言われたアパッチ族の、生々しく逞しい生活実態を題材に、『夜を賭けて』（梁石日）や『日本三文オペラ』（開高健）といった小説が書かれている。

かつて東洋一とされた軍需施設、陸軍造兵廠は、我国への最後の大空襲となった八月十四日に壊滅し、戦後の混乱と沈黙を伴う長いカオスの期間を経て、今日ある大阪城ホールや市民公園にその姿を変貌させた。

しかし、同じこの場所において、大義なき戦争の果てに、しかもたった一日の違いで、多くの人々が犠牲者となった事実が忘れ去られることがあってはならない。

戦争においては、勝者の論理も、敗者の理屈も、戦争という厳然たる事実を認識する以外、何らの答えを導き出すことはできない。過去の戦争と、記憶から遠ざけてはならない。第二次世界大戦から数十年を経た現在においても、世界の至るところで大義なき戦争は繰り返され、依然として、多くの無力な市民がその犠牲者となっている。

大阪の街中に、今もひっそりと戦争の史実を留めているものを訪ねた一日、いつしか若き日の父が経験し、伝えようとしていた言葉を聞かされているような心地になっていた。

満開の枝から離れた一枚の桜の花びらが、風に吹かれ空高く舞い上がった。

WORLD
HARMONICA
FESTIVAL2009
HOHNER
• Wettbewerbe
• Ausstellungen
• Workshops
• Sessions
• Konzerte
• Highlights
28.10. – 01.11.2009
TROSSINGEN
www.WHF-2009.de
trossingen
Rothaus

旅の余韻

遠野にて

平成十二年（二〇〇〇）九月初旬、峠道を車で越えて岩手県遠野市に入るころには、雨となった

柳田國男の著した『遠野物語』を読んでからは、遠野は、魑魅魍魎《ちみもうりょう》が跋扈《ばっこ》していると
いう先入観があり、湿った大気に覆われた昼なお暗い山峡に違いなかろうと思っていたが、いささか拍子抜けのように、川を挟んだ平地が明るく四方へと広がっていた。

遠野は、三陸海岸と内陸部を結ぶ中間に位置し、何本もの街道が交差している。街道は人が往来し、物が運ばれる。街道を川に喩えれば、それらが幾つも重なり合う遠野の地は、四方八方から流れてきた人や物が通り過ぎ、時には留まるところであった。こうした地理的条件とともに、人と物とが交じり合い、やがて離れていくという流動性によって、『遠野物語』のルーツとなった幾つもの民話の風土が醸成されていったと考えられる。

この地方特有の「南部曲り家」を利用した民宿『曲り家』へと、幹線道路から小高い丘に続いている農道へと岐れた。車一台がようやく通れる道の両側にはリンゴ畑が続いてい

て、枝には、ほんのりと薄紅色を帯びた小ぶりなリンゴがたわわに実っている。草の生えた土の道を数百メートルばかり辿ると、濃い茶色のトタンで覆われた鉤型の大きい屋根が見えてきた。

「南部曲り家」は、かつて馬を生産していた南部地方を代表する住居で、人が住まいする母屋と馬の住む小屋とがL字型につながっていて、東北地方の厳しい自然環境のなかで、人と馬とが共に生活できる建物であった。時代の変遷のなかで馬の需要が減るとともに、大きな建物を維持管理するために膨大な手間がかかることもあって、今では、遠野地方でもほとんど残されていない。

一軒に十人以上の人が共同生活し、同じ屋根の下に数頭の馬が住んでいた重厚な建物は、ほぼ建てられた当時のままで、家の真ん中に掘られた囲炉裏には、四方から太い薪が組まれ、薄い紫煙をただよわせながら火が燃えていた。

九月初めとはいっても東北の地のことゆえ、夕方の気配とともにあたりには冷気がせまり、火が恋しくなるのか、囲炉裏端には、宿泊している人々が三々五々集まってきていた。

「火はいいもんだな。火を囲んでいるだけで、心まで温かくなってくるさ」

夕餉の一品とて、生きたままの岩魚を丁寧に串に刺し通して、囲炉裏の火に遠巻きに立てながら、中年の宿の主人が誰に言うでもなくつぶやいた。

「この遠野でも、今ではうちだけでさ。囲炉裏にこったら火を燃してるのはな」

囲炉裏の周りに座った人たちは、燗をした地酒の二合徳利を酌み交わしはじめている。

「遠野は、街道の交差点だもんで、馬の市が立った昔から人さが集まり、苦労せずにメシが食えたもんだ。『遠野物語』で有名になってからも、けっこう人が来たもんで、あまり産業が発展しないでさ、今ごろになって思案さしてるさ……」

『遠野物語』が著されたのは、明治四十三年（一九一〇）とずいぶん以前のことであったが、第二次世界大戦後のふるさとブームによって、遠野にも多くの若者が訪れ、賑わったという。やがて、ブームが過ぎ去るとともに、街の活気も衰えていった。

そうしたなかで、リンゴ畑のなかの、新聞もテレビもない鄙びた民宿の『曲り家』には、全国各地からの常連客が多い。それらの大部分は、かつて遠野に憧れてやってきていた人々で、当時と変わることなく、薪が燃やされている囲炉裏端に、昔話に出てくる遠野の原風景を求めて集まってくるのである。

「遠野といっても別に何もないが、この囲炉裏端で婆さんの昔話でもどうかの」

夕食をすませて歓談しながら待っていると、しばらくして玄関があく気配がして、顔艶のよいひとりの婆さんが入ってきた。

「おばんです」

現在では少なくなった遠野の昔話の語り部のひとりである白幡ミヨシさんで、婆さんの生まれは、奇しくも『遠野物語』が出版された明治四十三年とのことであった。

その人生は、『遠野物語』とともに変遷を重ねてきたが、何よりも、ミヨシ婆さんの世代が、その両親や近所の年寄りから実際に聴かされた昔話を口承できる最後の世代であるといわれている。

銀灰色の絣の上衣に裾を絞った黒紺色のもんぺを穿き、頭をきちんと束ねたミヨシ婆さんは、囲炉裏端に横座りになった。

「さて、何をいうかの」

遠野の風土のなかで、ゆったりと歳月を重ねてこられたせいであろうか。話し出す前のこぼれるような可愛い笑顔が聞き手の気持ちをほぐしていく。

このあたりの昔話は、「むかす、あったずもな」に始まり、「どんとはれ」で終わる。

「ミソサザイと鷲」、「カッコウとホトトギス」、「オシラサマ」などの遠野の伝承が、ミヨシ婆さんの口から次々と語られていく。

地元の言葉を交えたあたたかく朴訥とした話しぶりは、囲炉裏で燃えている薪の温かさも加わって、聴き手を和ませそれぞれのなかに穏やかに共鳴していく。聞き取れない言葉さえも、ある種のヒーリング音楽のような心地良さで伝わってくる。

かつて、この地方のどの家でも見られた普段着のままの光景が囲炉裏端に再現され、そこに並んでいる我々が、ミヨシ婆さんの孫になったような不思議な安心感に包まれていく。いくつかの昔話とともに、ゆるやかな時間が流れ、小さくなりかけた囲炉裏の火の傍らで最後の「どんとはれ」となった。やがて、ミヨシ婆さんは、皆の拍手に送られ、少し恥ずかしげな表情で、小さな背を丸めながら帰っていった。

その夜は奥座敷のひと間で泊まったが、何一つ飾るもののない部屋の片隅に、紅と黄色の縦縞の幼女の綿入れが掛けられていた。

小さな豆電球が灯されただけの空間は、ミヨシ婆さんに聴いたばかりの遠野の昔話の余韻のなかで、幸せを招くというあの「ザシキワラシ」が今にも現われそうな雰囲気が漂っていた。真夜中に一度目を覚ましたが、おぼろげに見えていた綿入れが今にも動きだしそうに思われた。その後、夢うつつのなかで「ザシキワラシ」の声を聞いたような……。

翌日は、快晴であった。朝から、『遠野物語』に因む場所を訪ねた。柳田國男に遠野の民話を語った佐々木喜善の生家は、遠野の東外れの丘陵にあって、そこから少し辿れば山口の水車である。田園の中の草葺の水車小屋には、今でも水が引かれていて、「ガッタン、ゴットン」と、石臼の中に木の杵が重く響いていた。早い流れの水音と小屋の杵音だけが風景の中で動いていて、柳田が見たころと何も変わらない時がそこに止まっていた。

村外れの山裾にある「デンデラ野」と呼ばれている見晴らしの良い台地に立った。「デンデラ野」は、京都の北にあった葬送の地の「蓮台野」の名が訛ったものとされ、連台とは、阿弥陀仏に往生を願うものが、我が魂を託する蓮華の台をいう。

「デンデラ野」には、遠野の哀しい物語が伝えられている。昔、遠野の村では、口減らしのため、六十歳になった者は自発的に我家を去って、この「デンデラ野」にやってきて、ほそぼそと集団生活を営み、やがて静かに死を迎えたのである。

度々の飢饉に苦しんでいたこの地方で、人々が生き残るための非情な定めではあったが、信州の姨捨伝説にも通じる「デンデラ野」に佇んでいると、時代を経たとはいえ、傍らを無常の風が通り抜けていく心地であった。

遠野といえば河童といわれるように、河童にまつわる多くの伝承が残されている。あるものは悪さをして人間に捕まり、毎日魚を届けることを約束させられたり、あるものはお寺の火事を救って狛犬ならぬ「狛河童」と奉られたりと、いずれの話も、ユーモラスな内容で、河童は遠野の人々にとって身近な存在であった。

今でも、いたずら好きな河童が馬を水中に引きずり込もうとした「河童淵」が残っている。そこは昔と変わらない豊かな水量の清流で、ほとりには幾つもの実を付けたオニグルミの大木と河童様を祀るお社があって、今にも剽軽なしぐさの河童たちが朱い顔を見せてくれそうな雰囲気が漂っていた。

淵の隣には常堅寺があり、境内にある十三堂の前には、頭に円形の皿が刻まれた一対の「狛河童」が置かれている。かつてお寺を火事から救ったと伝えられているためか、その足元には、今でも大好物のキュウリが供えられている。

『遠野物語』のなかでも、もっとも知られて、人々に愛されているのが、ミヨシ婆さんからも聴かされた「オシラサマ」である。農業の象徴であった馬とそれを愛した娘の悲恋が昇華され、この地方の特産となる養蚕へと発展していく物語であるが、馬の頭を模した「オシラサマ」は、農業と養蚕の守り神としてどこの家でも祀られていたのである。

華やかな布の衣装を付けられた何百もの「オシラサマ」が安置されている「御蚕神堂」のある伝承園を訪れた。移築された曲り屋の土間では、実際に蚕が飼われていて、近くで耳を澄ませると、無数の蚕が桑の葉を食べている音が届いてきた。

曲り屋の奥の一室に「御蚕神堂」があり、内部の四方の棚にはさまざまな表情の馬の頭を付けた「オシラサマ」が安置され、そのひとつひとつに、ここを訪れた人々の願いが書かれた布切れが重ねられていた。「オシラサマ」は、時を経たなかでかたちを変えながらも今なお多く人々の願いを受けとめている。

囲炉裏端でのミヨシ婆さんの昔話に癒され、物語にゆかりの場所に実際に佇んでみると

『遠野物語』に収められている、自然と人とが共存していた心豊かな暮らしが、今もなお風土として溶け込み、静かに息づいているように感じられた。

道端では、穂を出したばかりのススキがゆるやかに揺れて、北国の早い秋を告げていた。

獅子の児渡しの庭　～京都・正伝寺～

東山、北山、西山といった、なだらかな山並みで三方を遮られている京都盆地は、冬は「底冷え」となり、夏は「うだる」暑さとなる。

夏の暑熱は、都の人々を悩まし、ときには諸病をもたらした。京都の夏を彩る祇園祭は、疫病を封じ込めるため、牛頭天王を祀った行事に由来している。

七月十七日に催される華やかな山鉾巡行が中心であるが、祭そのものは、その月の三十一日に行なわれる疫神社の「茅の輪」をくぐる「夏越祭」まで続けられている。

「夏越」とは、「夏越の祓」で、この行事のなされる陰暦六月の晦日は、新しい季節に入る物忌みの日とされ、「水無月のなごしの祓へする人は千歳の命のぶといふなり」と、『拾遺集』にもあるように、古来から行なわれてきた民衆信仰のひとつとなっている。

祇園祭が執り行なわれている真夏の京都の、とりわけ暑いとされる土用の丑の日に、北区西賀茂の船山の南麓にある禅宗の寺院を訪れた。

船山は、京都五山のひとつで、八月十六日の盂蘭盆会の行事である「送り火」の際には、諸霊を冥途へと送り届ける「舟形」を浮かび上がらせる。山の南斜面は、木々が取り払われ夏草で覆われていたが、かすかに舟の外周を思わせるくぼみが連なっていた。

この山の麓も、かつては草深いところであったであろうが、山裾まで住宅地が広がる。家並みを通り過ぎ、山辺にかかろうとするあたりに簡素な山門が現れ、門前の坪庭に、今を盛りと咲いている百日紅の朱色の花が、真夏の日差しを浴びて輝いていた。

寺の名前は、「吉祥山正伝護国禅寺」、通称では、「正伝寺」といい、鎌倉時代に創建された古刹で、弘安五年（一二八二）には、諸堂が造営されたと伝えられている。

弘安五年といえば、その前年に第二回目の蒙古襲来があったため、依然として穏やかならぬなか、寺名の「護国」にも当時の緊迫した時代背景を偲ぶことができる。

山門をくぐると山道となり、あたりの大気にも少しばかり涼しさが感じられた。林の中の土道は、勾配とともに緩やかに折れ曲がり、小さな谷川を越え、さらに急な上り坂となって小高い場所にある方丈へとつながっている。

方丈から東向きに庭が明るく開かれていた。百坪あまりの広さで、右手は船山につながっている雑木林に区切られ、左手は丘の方に向かって杉木立が続いていた。

左右の木立の真ん中あたりには、なだらかな稜線が連なる霊峰比叡が借景となって、近景の庭からかなたの山容へと、遠近法で描かれた一幅の絵を見ている心地である。

室町時代以降、京都の寺院では幾つもの庭が作られ、枯山水様式の庭の多くには、京都の北白川流域で産する「白川砂」が使われている。白砂を撒くことによって、清浄さとともに、庭の姿を少しでも大きく感じさせようとしたのではなかろうか。もちろん「白川砂」という何よりも適した砂の産地に、京都の寺院が近接していたのが使われた最大の理由であったには違いないが……。

白砂に加えて、庭の広がりを意識して造られているのが築地塀で、縁側に座って見てみると、白砂の敷き詰められた地面と借景となる比叡の峰の頂との中間の、やや上側を瓦葺の線によって塀の高さとして揃え、白漆喰で明るく塗られた塀の裾に張り付けられた平瓦の黒い線が、庭と塀との境目に深い区切りを描きこんでいる。

白砂と白漆喰がほどよく調和して庭そのものに広がりを添え、手前の白砂から中景の木々へ、やがては遠景の比叡へと視線を誘っていく。

庭の白砂の中には、こんもりと刈り込まれた皐月が配されている。皐月の植え込みの数は、右方から、七・五・三となっており、白砂と刈り込みを用いた作庭手法から、江戸時代初期の小堀遠州の作とされている。

遠州の作庭と認められ現存しているのは、京都大徳寺孤蓬庵にある路地や岡山県高梁市の頼久寺庭園などであるが、他にも、遠州の作庭とされるものは多くあり、滋賀県甲賀市水口町名坂にある大池寺にも、「蓬莱庭園」が残されている。「蓬莱庭園」は、白砂の海の中に、「蓬莱の宝船」や「鶴島」、「亀島」が浮かべられ、その背景には、皐月の大刈り込みによる大波、小波が表され、遠州好みの庭とされている。

大池寺の近くに住んでいた当時、「水口城を造営された遠州様が、城完成の記念にと、大池寺にお庭を寄進された」と聞かされたが、今日では、遠州の曾孫である小堀正房の作となっている。大池寺の住職には、禅の修行のひとつとして庭の維持管理が課せられていて、毎年、真夏の土用には、庭の皐月を刈り込む「土用刈り」が行なわれている。

眼前の正伝寺の庭も、白砂や刈り込みの風情からして、遠州の意匠を伝える者の手になるのではないかと思われたが、遠州流の「綺麗さび」といった風趣は感じられない。

京都の竜安寺の方丈には、相阿弥の作で、白砂の中に十四の石を配した枯山水の名高い「虎の子渡しの庭」があるが、これに対して、白砂の中に十五の皐月が配された正伝寺の庭は、「獅子の子渡しの庭」と呼ばれている。

日本庭園にも造詣が深かった作家の立原正秋氏は、正伝寺の庭を何度か訪れているが、その著書『日本の庭』において、この庭を、「解釈を強要しないし、またこちらがどのように解釈してもよい。そんな庭で、眺めている方が妙に安堵できるつくりである。安堵できるのは、そこに乾いたあかるさが寄与しているからだろう」と評している。

風景の動かない昼下がりに降り注ぐ土用の日差しを前に、人気のない方丈の縁側に座っていると、止まることのない時の流れがゆるやかに過ぎ去るのが感じられる。慌ただしさのなかに翻弄され、振り返ったり立ち止まることさえも忘れかけた自身の姿を、庭の風景のなかに置いてみる。

座している縁側の天井は、「血天井」と呼ばれていて、今もおぼろげながら、血塗られた手や足の跡が残っている。「血天井」は、関ヶ原の戦いの前哨戦となった洛南の伏見城において戦死した鳥居元忠以下の将士が切腹して果てた廊下の板を、京都のいくつかの寺院の天井に用いて、供養したものである。武士道の定めとはいえ、主君のために決然と死をもって殉じた元忠らの鎮魂を願った思いが、祈りの山である比叡を望む正伝寺の天井にもとどまっている。

林の中から、二、三羽の鳥の羽音が聞こえた。姿を見せないまま少しばかり木立を揺らせ、やがて再び静寂が戻った。

ひとときとして、移ろわぬものがないこの世にあって、人はたとえ束の間であろうとも、自らが「安堵」できるところを探し求めているのではなかろうか。

京都洛北の正伝寺、「獅子の児渡しの庭」。

日常の喧騒を離れた閑寂さの中に自らを委ね、ひそかに「安堵」できる場所である。

日向高千穂

日向高千穂は、九州のほぼ真ん中あたり、宮崎県最北部の山籠もれる盆地にあって、神々とともに鎮まっている。

天孫降臨に纏わる日向神話や十数万年前に押し寄せた阿蘇の溶岩流から造り出された高千穂峡、春や秋の風のない早朝に現れる幻想的な雲海などで知られ、晩秋に飼い葉となる萱を長柄の大鎌で刈り取るときに歌われた哀調を帯びた民謡『刈り干し切り唄』の発祥地でもある。

この地には、高千穂神社や東西の天岩戸神社といった八十八もの神社がひしめき合い、神話に登場する天岩戸や天安河原、降臨した神々が高天原を遥拝した故地が、残されている。

九州山地の分水嶺に源を発して日向灘へと流れる五ヶ瀬川沿いの海抜四、五百メートルの丘陵地には幾つものの棚田が拓かれ、盆地を取り巻いている山々からは、古代からの稲作農耕を支えてきた豊富な水がもたらされている。

奈良の明日香村にも似た佇まいは、原風景に包まれているような安らぎを与えてくれる。

日向高千穂を訪れたのは、平成二十年(二〇〇八)九月半ばで、おりから台湾あたりから急に進路を変えてやってきた台風が夜半にかけて南九州沿岸を通過しようとしていた。

天照大神を祀る天岩戸神社東宮の傍らにある「岩戸屋」という和風の一軒宿で、古代米や神楽煮など地元の食材で作られた夕食をすませ、八十八社の総社である高千穂神社で催される「高千穂夜神楽」へと出かけた。

強まる風雨の中で、宿の玄関脇にある「おがたま」の大木の枝葉が激しく揺れていた。この木は、秋になると神楽鈴に似た形の朱色の集合果を実らせることから、古来より招霊木として崇められてきた。

高千穂には、『古事記』に登場する天鈿女命が、天照大神が閉じこもった天岩戸の前で、この「おがたま」の枝(神楽鈴のルーツ)を持って舞い踊ったという伝承があり、高千穂だけでなく九州にある神社の境内には、御神木として植えられていることが多い。

「高千穂夜神楽」は、毎年十一月下旬から翌年二月の上旬までの農閑期に、かつて「部」と呼ばれていた数十戸の集落ごとに、神楽宿となった民家の座敷に神を迎える「神庭《こうにわ》」を設えて、鎮守の森から氏神を招いて神楽を奉納し、収穫への感謝と豊作を祈願する神と村人との直会神事で、毎年二十ヶ所あまりの集落において、全部で三十三番までの演目がある神楽が、初日の夕刻から夜を徹して翌日の朝方まで十数時間にわたって演じ続けられる。ふつう神社での神楽の奉納は、巫女によって行なわれるが、高千穂の夜神楽は、村人の中から選ばれた「ほしゃどん(奉仕者殿)」と称される男性のみで演じられ、神々が登場する演目では「おもて様」という神面を付けて舞われる。

「高千穂夜神楽」は、文献上では平安時代に見られるが、あるいはそれよりも古く、天照大神が隠れられた天岩戸の前で、天鈿女命が軽妙な所作で舞い踊り、このようすを見ようとした天照大神によって少し開けられた岩戸を手力男命が怪力で取り除いたため、再び明るい世界が出現したという神話を起源とするという。

この天岩戸神話は、稲作農耕にかかすことのできない太陽神への信仰を擬えている話であるが、「高千穂夜神楽」のなかにも、天岩戸に因んだ演目が七つも含まれている。

高千穂神社の神楽殿においては、現在四百人あまりいる夜神楽の演者たちが毎晩交代で、代表的な演目である『手力男』、『鈿女』、『戸取』、『御神体』を、一時間あまり上演していて、高千穂を訪れた観光客に披露するとともに、夜神楽の保存や後継者の養成を図る場としている。

舞台に設けられた二間四方の「神庭」の四隅には、竹と榊が立てられ、この上部を取り巻くように注連縄が張り巡らされている。横縄に下げられている〆の子藁は、七本、五本、三本に分かれていて、「天神七代、地神五代、日向三代」の神々に捧げられている。

注連縄に沿って、鳥居の形や陰陽五行説の影響を思わせる十干十二支の動物や木、火、土、金、水などの字を倣った和紙製の「彫り物」という切り絵が飾られ、天井から高天原を象徴する天蓋に似た四角い「雲」が吊り下げられている。

この「神庭」は、神が降り立つ清浄な空間とされ、舞人と太鼓、笛の演奏者のほかは、何人も立ち入ることが許されない。現代社会からすでに忘れ去られている神々への純真な畏敬の念が、この地では、村人共通のきまりとして厳粛に保たれている。

「神庭」に、おごそかな笛と低く腹に伝わる太鼓の音が聞こえてくると、いよいよ今宵の夜神楽の始まりとなる。

夜神楽で使われる楽器は、篠笛とふた抱えもある丸太を刳り貫いた白木の胴に牛の皮を貼った締太鼓で、舞いに応じて多少のテンポの変化をもたせるものの、総じて単調なリズムが繰り返される。舞人は、音色に合わせて「神庭」をゆっくりと右へ左へと回りながら、次第に気分を高揚させて演じる神へと成り変っていく。

『手力男』では、大振りの白い面を付け、御幣を手にした手力男神が登場し、舞台を大回りに巡って、天岩戸を探す動作を繰り返し、ようやく岩戸が見つかると、『鈿女』の場面へと展開して、赤い被りものと白い女面をつけた天鈿女命が現れる。

『古事記』では、衣をすべてかなぐり捨てて踊りまくったとあるが、「高千穂夜神楽」を彩る天鈿女命は、背をすっきりと伸ばした優雅な雰囲気で、落ち着いた静かな所作は、室町時代以降に能の影響を受けたためと考えられる。

天鈿女命の舞いが終わると、場面は『戸取』へと移り、猛々しい表情の真紅の面を付けた手力男命が再登場し、閉じられていた天岩戸を両手で高々と持ち上げてから、遠くへと放り投げ、この世が光を取り戻すというフィナーレを迎える。

夜神楽の最後に演じられた『御神体』は、「国生みの舞」あるいは「男女和合の舞」と呼ばれる縁起物で、国生み神話における伊邪那伎命と伊邪那美命が登場し、協力しながら酒を造ってそれを互いに酌み交わし、酔うと見物人のなかにまで分け入って、手を握ったり、顔を摺り寄せるなどの幸せをもたらすとされる「かまけわざ（悪ふざけ）」を行なう。『御神体』には、五穀豊穣とともに、子孫繁栄や家庭円満を願う艶やかな所作が含まれているため、村々で演じられる場合には、子どもらが寝静まった真夜中に登場する。

普段は農業などに従事している村人たちが、「高千穂夜神楽」においては神話の神々に変身し、「神庭」へと招き入れた鎮守の氏神とともに直会うようすは、かつて訪れたインドネシアのバリ島でのガムラン演奏やレゴンダンスなど、神と人とが一体化する音楽や舞踊が、ごく普通の村人によって行なわれていた姿を彷彿とさせた。両者は、遠く隔たってはいるが、田畑や森など人々の暮らしの身近なところに神々が存在し、夜の深い闇のなかで、人が神となり、ときには神が人となる。

夜神楽で高揚した心地のまま神楽殿を出ると、そこには、源頼朝の代参のため、はるばるこの地を訪れた御家人の畠山重忠が植えたとされる樹齢八百年あまりの「秩父杉」が、おりからの風雨に曝されながら黒々と立っていた。

翌朝、台風が過ぎ去った高千穂盆地の周りの山々には、雲海を思わせる霞がかかった。天照大神を祀る天岩戸神社東宮をはじめ、岩戸川を隔てた対岸の断崖の木々の間におぼろげに見えた天岩戸を祭神とする天岩戸神社西宮、天岩戸に籠もられた天照大神をいかにすれば外に出てもらえるかを神々が相談した天安河原などを訪ねた。『古事記』に登場する神話の舞台が、実しやかに残されていた。

高千穂における天孫降臨については、『古事記』には、「筑紫の日向の高千穂の久士布流多氣に天降りまさりき……」とあり、『釋日本記』の巻八にある日向國風土記逸文には、「日向の高千穂の二上の峯に天降りましき……」と記されている。一方、『日本書記』には、天孫降臨に関して、「日向の襲の高千穂峯に天降ります……」とあり、こちらは、鹿児島県との境にある霧島の高千穂峰を指している。

確かに、高千穂にある「くしふる峰」や「二上山」は、山容も乏しく位置さえもわかりにくい。神が降る厳かな舞台としては、天により近く、遠くからも秀麗な姿が見られる高千穂峰の方が相応しいようである。

日向國風土記逸文の中の「智鋪郷」には、二上山へと降りてきた天孫の瓊瓊杵尊《ににぎのみこと》が、暗闇の天地の中で難渋していると、どこからともなく二人の土蜘蛛（土着民）が現れて、「稲千穂を抜いて籾として、四方に投げれば世の中が明るくなる……」と進言する。尊がそのようにすると天が晴れ日月が照り光ったことから、この地が、高千穂と呼ばれるようになったと述べられている。

『古事記』と『日本書記』は、いずれも八世紀初めの奈良時代に編纂されたものであるが、神代期にかかる記述に関しては、伝承をもとにしたか、創作されたのではないかと考えられている。

同じ頃、国内の六十余国ごとに、郡郷の名前や地名の起源、伝えられている旧聞異事などが記された『風土記』も編纂されている。このうち現存しているのは、「出雲」や「播磨」などの五カ国にすぎず、「日向」のものは、後世の逸文（本文の一部が引用されている文章）である。

「高千穂夜神楽」に登場する『古事記』由来の神々や風土記逸文に共通して見られるは、「稲」である。平地の少ない高千穂での稲作農耕を可能にしてきたのは棚田で、丘陵地を下から上へと、石垣によって区切られた棚田が幾つも重なり合う風景は、バリ島で見たライステラスを思い起こさせた。

我国の稲作農耕が、焼畑で栽培されていた陸稲に始まり、やがて水田農耕に適した水稲が伝来したと仮定するならば、天より二上山に降臨してきた瓊瓊杵尊が手にした稲千穂は、一体どちらの稲穂であったのか。

これが水稲だとすれば、この逸話は、それまでこの地で陸稲を栽培していた土着民に、新たな稲作作りがもたらされたことを示唆しており、天から降りてきたという記述は、中国大陸や朝鮮半島、あるいはさらに遠い南の島から、水稲を携えた新たな民族の渡来があった事実を伝えようとしているのではあるまいか。

渡来の民は、九州西岸のどこかの沿岸に漂着し、水稲に適した土地を探し求めるうちに、日向高千穂へと辿り着いて、ここを本拠地にして稲作栽培を広げ、農耕民族としての勢力を伸ばしていったに違いない。

その後、日向灘に沿った平野を南進して、宮崎県南部の青島神社や鵜戸神宮の祭神となっている海の神が束ねていた海洋民族と連合して勢力を強大化し、やがてこの後裔とされる神武天皇によって、黒潮の流れを利用した「海上の道」による熊野方面への東征が行なわれたのであろう。

『古事記』などに収められている神話を、単なる伝承とみるか、あるいは、その底流に秘められた何ものかを見出そうとするのか。神話は全体として比喩で覆われ、綴られた文字だけでは理解できない多くの物語を含んでいるとされる。

これと同じく、日向高千穂について考えてみると、里の秋を彩る夜神楽は、単なる鎮守の神と村人との直会神事というだけでなく、そこには、遥か昔、祖先がこの地にもたらした稲作を、村落共同体として、神々とともに絶やすことなく子々孫々へと伝えていこうとした揺るぎない意思が込められているように思われる。

こうしたことを背景に、日向高千穂の地では、農耕民族の聖地として、これを守り続けるべく高千穂盆地の随所に、八十八（米の字にも通じる数）の神々を祀り、天岩戸や天安河原なども創造されてきたのであろう。

収穫を終えて晩秋を迎えると、日向高千穂は、早春にかけて夜神楽の里となる。今年も、村人が神となり、神が村人となって、隠されていた神代の記憶が闇の中から甦ってくる。

晩秋の音色　～ドイツ・トロッシンゲン～

成田空港を昼前に飛び立ったＡＮＡのボーイング７７７型ジェット機は、沈黙に凍えるシベリアから真夜中のロシア上空を越えて、バルト海からドイツ領空に至る十二時間のフライトの後、夕刻近く、フランクフルト・アム・マイン空港に無事着陸した。

空港が近づき、着陸態勢へと少しずつ高度が下がり出し、地上の景色が次第にズームアップされ、確かなかたちとなっていった。アウトバーン（高速道路）が平原の彼方へとなだらかなカーブを描き、そのあいだに点在する村々に隣接する小高い丘陵には、風力発電のための十数本の鉄塔が立ち並び、先端にある大型の三枚羽根が、トンボの大群が羽根を煌かせながら飛んでいるかのように晩秋の夕日の中で回っていた。

平成二十一年（二〇〇九）十月下旬のドイツへの旅の目的は、四年に一度、ドイツの南西部にあるトロッシンゲンで開催される「ワールド・ハーモニカ・フェスティバル（世界ハーモニカ大会）」に出場するためで、クロマチック・ハーモニカのアンサンブル『ブルーレイク・サウンズ』の五人の仲間との初めての海外遠征であった。

フランクルト・アム・マインから、目的地のトロッシンゲンに向かう途中、マイヤー・フェルスターの戯曲「アルト・ハイデルベルグ」で名高いドイツ最古の大学都市のハイデルベルグを訪れた。

旧市街のメインストリートのハウプト通りには、もう幾つかのクリスマス・イルミネーションが飾られ、一夜限りの旅人にも、十一月下旬から始められる華やかなクリスマス・マーケットの賑わいを届けてくれていた。市街の北側を流れているネッカー川の川面から立ちのぼってきた夕霧が、足元の円やかに磨きこまれた中世の石畳の舗道を潤いのある表情へと変えていた。街の中心部のマルクト広場に聳えている精霊教会の鐘楼から、夕暮れの時を告げる鐘の音が低く深く余韻とともに伝わってきた。

翌朝、旧市街地の南の小高い丘の斜面に残されているハイデルベルグ古城に向かった。黄葉の季節を迎えていた木々から路面に降り積もった枯葉が、足元で乾いた音を立てた。

十七世紀の三十年戦争やプファルツ継承戦争などで、古城の大半の建物は破壊され、今では、当時の選帝侯の名前が付けられたファサードや城門塔が、滅びの美のなかに、騎士たちの栄光の日々を物語っている。

最も興味が引かれたのは、城の防衛のために備え付けられていた幾つもの砲台を取り除いて、愛する王妃のために庭園に作り変えたという「シュトュックガルテン」であった。

落葉で敷きつめられた空き地には、かつて王妃が鑑賞するための小鳥小屋があったというが、今では、小屋の壁面の一部と敷地の大きさを示す礎石だけが残されている。

この壁面には、秋の季節にハイデルベルグを訪れた老年のゲーテと歳の離れた恋人マリアンネ・フォン・ヴィレマーに因む碑板がはめ込まれ、ゲーテに寄せた彼女の気持ちを詠んだ九連の詩の一節が刻まれている。ゲーテは、ヴィレマーに、一編の詩とともに黄葉を迎えていた一枚のイチョウの葉を贈ったという。老いてからもなお、恋を通じて鮮やかに生きた詩人の想いが、紺碧の空高く生き生きと羽ばたいているように感じられた。

ヨーロッパを起源とするハーモニカは、本来はオルガンの調律用に作られた道具であるが、十九世紀の半ばのウィーンでは、これを楽器として用いた演奏が流行していたという。やがてドイツの南西部の小さな田舎町トロッシンゲンで、現在のハーモニカとするための改良が続けられ、なかでもマシアス・ホーナーが創業したホーナー社が有名であった。

一九二〇年代に、ホーナー社で、ハーモニカ本体に取り付けたスライドレバーを指で操作して、瞬時に滑らかな半音階（クロマチック）を出すことができるクロマチック・ハーモニカが考案される。これを契機としてジャズなどの早いフレーズ演奏に適した楽器として、ジャズの本場であるアメリカ市場でのハーモニカ需要が増えていく。

現在では、一穴で四音（吹吸＋半音階の吹吸）、四穴で一オクターブ、十六穴全体で四オクターブもの広音域が奏でられる「クロマチック・ハーモニカ」が主流となっている。

我々『ブルーレイク・サウンズ』は、従来のハーモニカアンサンブルの常道とされていたバスハーモニカやコードハーモニカを使わずに、五本のクロマチック・ハーモニカだけで、広い音域を自在に重ねるハーモニカのアンサンブルを得意としていた。

平成十六年(二〇〇四)に編成された後、全国ハーモニカコンテストへの出場を重ねて、この年の六月に東京で行われたコンテストの大アンサンブル部門において、第一位の栄冠に輝くまでとなった。その余勢のなか、世界ハーモニカ大会に挑戦してみようとの、メンバー全員の熱い思いでドイツ行きが実現した。

トロッシンゲンで、四年毎に開催されている「ワールド・ハーモニカ・フェスティバル」は、ハーモニカ演奏に魅せられた者にとっては、オリンピックにも匹敵する一大イベントで、ハーモニカが普及している国々から我こそはと思う演奏者がこの地に集まってくる晴れ舞台となっている。

トロッシンゲンは、人口一万数千人の小さな町で、四年に一度、ヨーロッパをはじめアジアなどからやってくる三千人余りのハーピストを受け入れられる宿泊施設がないため、参加者の大部分は、隣町のフィーリンゲン=シュベニンゲンのホテルに分散して泊まり、ここからバスや郊外電車を利用して、演奏会場のあるトロッシンゲンを往復する。

フィーリンゲン=シュベニンゲンは、近年、二つの町が合併してできたため、従来の二つの中心街は離れており、我々が五日間滞在していたホテルは、フィーリンゲン地区の街中にあった。

フィーリンゲンは、中世の趣を残している城砦都市で、楕円形の街の周囲には、高さ十メートルあまりの堅固な石の城壁がめぐらされ、城壁のところどころに石造りの望楼や時計台が見られた。縦横につながっている街路は石畳に覆われ、数百年の歳月にわたってこの上を往来した人々によって、つややかに磨きこまれていた。街路の真ん中には水路が流れ、これに沿って幾つもの水汲み場があって、戦争などの籠城にも備えられていた。街路が交わっている場所ごとに、六つもの教会が建てられている。

城壁の内外は、城門に穿たれた通路で結ばれているが、城内に進入できる車の台数が限られているのか、街路のほとんどは歩行者専用となっており、入り組んだ路地の向こうから、馬に乗った銀色の甲冑をつけた騎士が、今にも駆け出してきそうな雰囲気を湛えていた。

早朝、城壁を取り巻くように続いている公園の散策に出かけた。初冬の朝露を帯びた薄黄色や朱色、薄緑色など色とりどりの落ち葉がパッチワークのように連なっている。日本よりも緯度が高く、高原地帯で寒暖の差が大きいせいか、一枚の葉が、緑、黄色、赤色の三段の斑模様の染め分けられた落ち葉も多くあって、地面に鮮やかな彩りを添えていた。

「ワールド・ハーモニカ・フェスティバル」の会場となるトロッシンゲンでは、初日の夜に行われた開会式から連日にわたって幾つものガラコンサートやワークショップが開かれ、町中は四年に一度の祭典に盛り上がっていた。

ポップス部門のグループ部門のコンテストは、大会最終日に行われた。このジャンルでは、アジアやヨーロッパからエントリーした二十組が、八分以内の持ち時間のなかで、三人の審査員の前で演奏を行うのである。

何度経験しても、コンテスト会場に入ってからステージに立つまでの緊張感は、短いようで限りなく長いように感じられる。演奏の出来不出来が自分自身にすべてかぶせられるソロ演奏とは異なり、一員として音を重ねるアンサンブルの場合は、過剰なほどの責任感と緊張感が押し寄せてくる。この時間をどのように乗り越えられるかが、本番ステージにも影響するのである。これに打ち勝つには、練習回数を多くして、自然体で音が連ねられるまでレベルアップする以外にはないようである。

我々のグループの名前が告げられ、本番会場となっていた小学校の体育館のフロアに立って、まず、クロマチック・ハーモニカ五本での演奏であることを審査員にわかってもらう仕草を全員でしてから、スウィングに編曲された我国のスタンダードジャズの名曲

『鈴懸の径』の演奏を始め出した。未だに、バスハーモニカやコードハーモニカを使ったクラシカルスタイルの演奏が主流となっているハーモニカアンサンブルの世界では、我々のスタイルは、言わば「異端」であったが、言い換えるならば、「異端」とは、他の誰よりも「最先端」な演奏スタイルであることをも意味している。今回のエントリーも、「審査員の評価はともかく、会場に来られたトロッシンゲンの人々に、新鮮なイメージの演奏として聴いてもらいたい」とのメンバー全員の思いがあった。

ゆるやかなイントロから始めて、メロディ、そして曲の聞かせ場となっている、三人が順番にリレーしてつなげるソロアドリブへといつもどおりの演奏が広がっていく。緯度が高いせいか、透明感のある音色が小気味よく重なっていく。五人全員の気持ちがひとつになって、リズミカルに躍動する。この曲に出会ってから一年あまり、音色を磨きながら、曲想を深めてきた日々を思い出しながら、一気にエンディングへと盛り上げていった。

演奏が済んだ直後の会場には、一瞬の静寂が漂い、続いて、大きな拍手とともにいくつもの「ブラボー」の声が湧き起こった。何人かは立ち上がって手を叩いてくれていた。

演奏をやり遂げた充実感が、メンバー全員をあふれるばかりの笑顔に変えるなか、ハーモニカのメッカの地トロッシンゲンで奏でたクロマチック・ハーモニカの澄み切った晩秋の音色の余韻が、人々の歓声とともに確かな感動となって伝わってきた。

審査の結果、我々『ブルーレイク・サウンズ』の演奏は、数多くの出場グループのなかで「優秀」との認定がなされた。

大砲の庭

晩秋のある朝、澄みきった冷やかな大気を感じながら、旧市街地の南側の小高いイェッテンビュールの斜面の中腹に建てられているハイデルベルグ古城をめざした。ところどころ乾いた落ち葉に覆われた石畳の小径は、ゆるやかな傾斜を積み重ねながら幾度か折れ曲がり、一歩ずつ時の流れを遡らせるかのように長く続いていた。

ドイツ南西部に位置するハイデルベルグ古城は、十七世紀の三十年戦争やプファルツ継承戦争、その後の落雷によって大半の建物は破壊され、現在では、フリードリヒ館やオットーハインリッヒ館など、当時の選定侯の名前が付けられたファサードや城門塔が、滅びの美のなかで幾多の騎士たちの栄光の歴史を物語っている。

選定侯のバルコニーと呼ばれるアルタン（テラス）からは、ハイデルベルグの街並みやネッカー川に架けられている石造りの優美なカール・テオドール橋、川の対岸の「哲学の小径」で名高いハイリンベルグなどが一望でき、ここを訪れる旅人を中世の世界へと誘う。

アルタンに敷きつめられた石板の一枚にくっきりと刻み込まれた「騎士の足跡」や城門に

付けられた鉄製のリングに残されている「悪魔の噛み跡」、一日に十五本のワインを毎日飲み続けていたという道化師ペルケオの逸話など、城の歴史にまつわる伝承も多い。

こうしたなかで、最も興味が引かれたのは、愛する王妃のために、城を防衛する目的で置かれていた何台もの大砲をすべて撤去させ、そのあとを優雅な庭園にしたという「大砲の庭（シュトュックガルテン）」であった。

庭園には、十七世紀初頭の領主であったフリードリヒ五世が、イギリスから迎えた王妃エリザベス・スチュアートの二十歳の誕生日のプレゼントとして、一夜にして造らせたという小振りな「エリザベト一夜門」が残されている。樹木を模した四本の柱と、それに絡んだ蔦にリスなどの小動物が刻まれた赤砂岩のバロック様式の凱旋門で、四百年近い歳月を経てもなお、王妃に寄せた王の深い愛情を確かなかたちで留めている。

この門の前に二人して並んで立てば、必ず幸せになれると言い伝えられ、それにあやかろうと、何組もの若い二人連れが仲良く寄り添っては写真に納まり、満足げな微笑を交わしながら通り過ぎていく。

一夜門の隣の、黄色く色づいた落ち葉が降り積もった空き地には、かつて小鳥小屋が作られていたというが、今では、城壁に沿った小屋の壁面の一部と、小屋の敷地を示す礎石が見られるだけである。

壁面の中ほどには、一八一五年の秋の日の夕方、この場所を訪れた六十五歳のゲーテと、三十五歳も年下で、銀行員の妻であった恋人のマリアンネ・フォン・ヴィレマーに因んだ記念板が取り付けられていて、ゲーテに寄せるヴィレマーの熱い想いを詠んだ九連の詩の一節が刻まれている。

碑板の真向かいにあるイチョウの大木が折から黄葉の季節を迎えていたが、ゲーテは、ヴィレマーと訪れたこの場所で、彼女にイチョウの葉を贈り、その後、一八一九年に刊行された『西東詩集』の中の「ズライカの巻」に次の詩を収めている。

イチョウの葉

東の国から私の庭に移されたこの葉はその秘められた意味で知恵あるものを喜ばす
本来この葉は一枚が二枚に分かれたのでしょうか
それとも二枚が互いに相手を選び一枚と思われるようになったのでしょうか

この詩が作られた過程について、ゲーテと親交が深かった作家のズルピーツ・ボアスレは、「気持ちの良い夕方、ゲーテは、ヴィレマーへの友情の証しとして、この街のイチョウの葉を一枚贈った。イチョウの葉は、一つだったものが二つの部分に分かれていったのか、二つのものが一つになったのか分からない。そんな思いをこの詩に込めたのである……」と、彼の日記に記している。

二枚のイチョウの押し葉が貼られたゲーテの「イチョウの葉」の詩の自筆原稿が、デュッセルドルフにあるゲーテ博物館に現存しているという。

『西東詩集』は、ペルシアの詩人ハーフィスに対するゲーテの憧れをもとに綴られたもので、このうちの「ズライカの巻」は、ハーテムとその恋人ズライカとの間に交わされた相聞詩で構成されているが、この二人は、他ならぬゲーテとヴィレマーであると言われている。

後年、シューベルトは、「ズライカの巻」の詩をもとに、歌曲「ズライカ」を作曲しているが、シューベルトに尋ねられたヴィレマーは、『西東詩集』の中に、自らが作った詩が含まれていると認めている。恋することを通じて、老いてからも鮮やかに生きたゲーテの瑞々しい精神。ハイデルベルグ古城の静寂に包まれた庭に佇んでいると、いつしか碑板の詩の中からゲーテとヴィレマーが寄り添い、熱く語り合う光景が甦り、やがて蒼く晴れ渡った空へと溶け込んでいった。

あとがきのように

以前にも増して歳月の流れが早いと感じられるが、自分のなかで自分自身の時の流れを感知している時計のようなものは、実際の時の流れとはいささか異なり、自分の記憶の濃い薄いによって左右されるように思える。

未曾有の被害をもたらしたあの東日本大震災の記憶が、人々の中から「風化」しかけているという。記憶のなかでは著しく濃いものであっても、こうした「忘却」の流れは、想像以上に早いのかも知れない。記憶として残されるものの危うさが見え隠れしている。

初めての随筆集『うたたねの夢』を出してから十年あまりの歳月が過ぎ去って行った。

この間において、二人の子どもたちが、伴侶に恵まれて新たな人生を踏み出し、やがて、それぞれに新たな生命を授かるという幸せにも恵まれた。幼な子のなにげない笑顔やしぐさとともに、輪が広がるように家族が増えていくという歓びを実感させてもらっている。

音楽演奏という、それまで無縁の世界と関わるようになったのは、クロマチック・ハーモニカとの出合いからであった。音符の長さやスウィングなどのリズムを体で感じながら、五人で編成したアンサンブルグループ『ブルーレイク・サウンズ』のメンバーの一員として全国ハーモニカコンテストで栄えある第一位になり、併せてドイツ・トロッシンゲンでの世界ハーモニカ大会への出場やCDを出すという幸運にも恵まれた。いくつもの音を重ねて創り上げるハーモニーの素晴らしさを実感させてもらっている。

京都造形芸術大学の通信教育部に新たに文芸コースが設けられたのを機に、一念発起して編入学し、読書と創作と論文、そして卒業制作としての小説を書き上げるという満ち足りた時の流れのなかで、内外の文学作品を、じっくりと読み込むことの大切さを教えられた。なかでも、須賀敦子が残した幾つかの作品と対峙した長い時間は、より深い人生のあり方について思索する喜びを与えてくれた。読むことで書くことがより濃くなることを実感させてもらっている。

書くことは、記憶の不確かさを補うために始められたという。これまでに書き留めていた幾つかの文章を読み返し推敲しながら、自分という不確かな存在を、確かなかたちである文字に反映して残せる幸せを改めて実感させてもらっている。

加えて、過ぎ去る時のなかの一瞬の光跡を留めておきたいという純粋な気持ちの沸騰のなかで、「芸術としての写真」を撮るという新たな挑戦を始め出した。対象を文字でとらえるのか、写真としてとらえるのか、手段は違ってはいても、ともに自分の感性をどのようにそれらに反映でき得るかという点では、大いに共通するものがあると考えている。

この随筆集の題である『夢のまくら』は、前作の『うたたねの夢』と同じく、新古今和歌集の「夢の歌人」とよばれている式子内親王の和歌「かへり来ぬ昔を今と思ひ寝の夢の枕ににほふ橘」をもとにしている。橘の花は、香り高い白い花で、はるか昔から追憶を誘う花とされてきた。ここにも不思議な「縁《えにし》」を覚える。

平成二十五年　橘の花の咲くころに

岡本光夫

初出等一覧

ふで箱

笑う老女　二〇〇六年六月「月刊ずいひつ」
山ですもうを　二〇〇六年十二月「月刊ずいひつ」
ふで箱　二〇〇八年五月「月刊ずいひつ」
ヒヨドリ　二〇〇一年二月「滋賀作家」
ニコライ堂　二〇〇八年九月「月刊ずいひつ」
能面　～小面～　二〇〇九年一月「月刊ずいひつ」
北限のニホンザル　二〇〇九年六月「滋賀作家」
友情の鯉のぼり　～福島県南相馬の真野小学校へ～　二〇一一年十月「随筆にっぽん」
あなたの声　二〇一一年九月　書き下ろし
手紙を書く女　二〇一三年三月　書き下ろし
『ユルスナールの靴』を読む　二〇一一年八月　書き下ろし
燃やす　二〇一〇年二月　書き下ろし

義仲寺の風

蒲生野　二〇〇二年十月「滋賀作家」
狛の里　二〇〇七年二月「滋賀作家」
紫香楽　二〇〇八年六月「滋賀作家」

義仲寺の風　二〇〇五年二月「滋賀作家」
山路来て　二〇一三年四月「随筆にっぽん」
『燃ゆる甲賀』〜徳永史観との出会い〜　二〇〇二年六月「滋賀作家」
幻影　〜大津事件〜　二〇〇四年六月「滋賀作家」
花火　二〇一二年四月「随筆にっぽん」
花折峠　二〇〇五年六月「滋賀作家」

降る雪は

降る雪は　二〇〇八年　書き下ろし
望郷　〜遣唐使・井真成〜　二〇〇六年二月「滋賀作家」
遠来　〜白瑠璃碗〜　二〇〇九年五月「月刊ずいひつ」
蕪村と芭蕉　〜近江・京都を舞台に〜　二〇〇六年十月「滋賀作家」
龍馬の手紙　二〇〇七年十月「滋賀作家」
最後の大阪大空襲　〜昭和二十年八月十四日〜　二〇〇八年十月「滋賀作家」

旅の余韻

遠野にて　二〇〇一年六月「滋賀作家」
獅子の児渡しの庭〜京都・正伝寺〜　二〇〇三年六月「滋賀作家」
日向高千穂　二〇〇九年二月「滋賀作家」
晩秋の音色　〜ドイツ・トロッシンゲン〜　二〇一〇年三月　書き下ろし
大砲の庭　二〇一〇年六月「滋賀作家」

■著者略歴
岡本 光夫（おかもと みつお）

1951年　滋賀県に生まれる
1973年　大阪経済大学経済学部卒業
2011年　京都造形芸術大学芸術学部文芸コース卒業

1988年　「近江雁皮紙」で滋賀県芸術祭賞受賞
1989年　「藍に想う」で滋賀県芸術祭特選受賞
1990年　「幻住庵追想」で滋賀県芸術祭賞受賞
1991年　「湖からの贈り物」で滋賀県芸術祭特選受賞
1992年　「水郷にて―近江八幡―」で滋賀県芸術祭賞受賞
2000年　「欅しぐれ」で第41回「日本随筆家協会賞」受賞

滋賀文学会会長
日本ペンクラブ会員　随筆文化推進協会会員

著書　随筆集『うたたねの夢』（日本随筆家協会）
共著　『わが心の故郷』『愛のある風景』（共に日本随筆家協会）

現住所　〒524-0036 滋賀県守山市伊勢町469-21

夢のまくら

2013年8月10日　初版第1刷発行

著　者　岡本　光夫
発行者　岩根順子
発行所　サンライズ出版
〒522-0004滋賀県彦根市鳥居本町655-1
tel 0749-22-0627　fax 0749-23-7720
印刷・製本　シナノパブリッシングプレス

ISBN978-4-88325-515-3
定価はカバーに表示しています